Evan Tepest

SCHREIB DEN NAMEN DEINER MUTTER

Evan Tepest

SCHREIB DEN NAMEN DEINER MUTTER

Roman

PIPER

Mehr über unsere Autor:innen und Bücher:
www.piper.de/literatur

Evan Tepest dankt dem Museum Schloss Moyland (Sammlung van der Grinten) für den Hinweis auf Joseph Beuys' »Versuche für Plastik, 1957« auf Seite 75.

Unser Versprechen für mehr Nachhaltigkeit
Klimaneutrales Produkt
FSC®-zertifiziertes Papier
Hergestellt in Deutschland

FSC
www.fsc.org
MIX
Papier | Fördert gute Waldnutzung
FSC® C014496

ISBN 978-3-492-07271-7

Umschlaggestaltung: zero-media.net, München
Umschlagabbildung: FinePic®
Gesetzt aus der Sabon Next
Satz: psb, Berlin
Druck und Bindung: GGP Media GmbH, Pößneck
Printed in Germany

Für Frauke

TEIL EINS:
GELB

Am ersten Tag

Als Alex die Mutter traf, war ihr übel. Auf dem Bahnhofsvorplatz warteten weder Taxis noch Mieträder auf die Reisenden, die aus der Regionalbahn stiegen.

Sie umarmten sich flüchtig, ihre Unterleiber so weit voneinander entfernt wie möglich. Bevor die Mutter ihr die Wange küssen konnte, entzog sich Alex.

Als die Mutter auf den POWER-Knopf ihres tiefergelegten Minis drückte, warnte eine laute Stimme vor Staus im Ruhrgebiet.

»Gut siehst du aus«, sagte sie beim Ausparken und blickte über ihre Schulter an Alex vorbei. Sie hatten sich mehr als zwei Jahre nicht gesehen.

Ein Stück weiter ragten Industrieschlote über die Dächer der Innenstadt. Rauch zog in den kopfsteingrauen Himmel. An seiner breitesten Stelle kühlte der Rhein die Chemiefabriken.

Alex schloss die Augen und massierte sich die Schläfen. Sie fühlte sich, als hätte sich die Grenze zwischen ihr und der Außenwelt in gleißenden Nebel aufgelöst. Es war erst 14 Uhr, und sie wünschte sich, dass das Licht bereits softer wäre. Dass sie in Schatten versinken könnte.

Sie suchte vergeblich nach ihren Reisekaugummis. In den letzten Wochen hatte sie immer wieder etwas verloren: ihren Schal, ein Buch. Egal, wie lange sie suchte – die Dinge blieben unauffindbar. Es war, als hätte sich die Stadt gegen sie verschworen. Dabei brauchte Alex Berlin als Bild und Versprechen, um die kommenden Tage auf dem Land zu überstehen. Um sich zu vergewissern, dass sie jemand anderes geworden war.

Der Mini fuhr über den Bahnübergang. Sie passierten die alte Stammkneipe von Opa Kurt und die erste Dönerbude der Stadt.

»Wie war die Fahrt?«, fragte die Mutter, ohne den Blick von der Straße zu nehmen.

»Der letzte Teil zieht sich. Hatte ich vergessen.«

»Warum fährst du nicht mit dem Auto?«

»Ich bin das letzte Mal mit zwanzig Auto gefahren.«

»Höchste Zeit, wieder anzufangen.« Die Mutter beschleunigte, der Motor heulte auf.

Alex atmete tief ein und aus.

»Hast du was?«

»Ich bin nur erschöpft.«

»Brauchst du was Süßes?«

Alex aß seit einer Weile fast keinen Zucker mehr. Das hatte sie ihrer Mutter offenbar nie gesagt. »Nur frische Luft.«

»Sehr gut. Ich muss eh mit Rozi Gassi gehen.«

Rozi war der nervöse Hund, den die Mutter aus einem rumänischen Tierheim adoptiert hatte. Die beiden waren immer in Bewegung.

»Übrigens: Oma Kriemhild wurde neulich auf der Rheinpromenade gefragt, wie lange es dauert, bis wieder ein Buch von dir erscheint«, setzte die Mutter zögerlich an. »Ist das normal, dass dazwischen jahrelang Pause ist?«

Alex' erster Roman erzählte die Geschichte einer jungen Lesbe, die die Wohnung eines krebskranken alten Schwulen putzte und für ihn zu Fuß zum Grab seines an Aids verstorbenen Liebhabers von Berlin nach Kopenhagen lief. Er hatte sich ganz okay verkauft und war positiv besprochen worden. Doch mit ihrem zweiten Buch ging nichts voran. Kein Verlag hielt *Coming of Sex*, ein Verzeichnis von Alex' achtunddreißig Sexualpartner*innen, für ein gutes Investment.

»Warum fragst du mich nicht direkt, was ich eigentlich die ganze Zeit mache?« Alex griff zu ihrem Notizbuch und las.

Schreib den Namen deiner Mutter

Um über meine Mutter zu schreiben, muss ich zuerst über die Stadt meiner Mutter schreiben.

- *Einwohner*innenzahl: 40.000*
- *zerstörte Bausubstanz im Zweiten Weltkrieg: 97 Prozent (fair enough)*
- *Zweitstimmen für die AfD bei der letzten Bundestagswahl: 933*
- *Arbeitslosigkeit: 8,4 Prozent*
- *eine Zigarette am Kiosk: 20 Cent*
- *eine 5-Minuten-Terrine in der Schul-Cafeteria: 50 Cent*
- *eine Bahnfahrt in die nächste Großstadt: 16,30 Euro*

Draußen zog der braune Aschenplatz vorbei, auf dem Alex sich als Kind die Knie aufgeschlagen und gefürchtet hatte, niemals das Tor zu treffen.

Die Mutter erzählte von den Renovierungsarbeiten am Haus. Als Nächstes war der Swimmingpool im Keller dran, aber es gab Probleme mit den Handwerkern. Es gab immer Probleme mit den Handwerkern.

Alex' Mutter lebte in einer zweihundert Quadratmeter großen Villa am Waldrand. Das Haus stammte aus den Siebzigern. Damals strebten alle nach der größtmöglichen Expansion, in der Überzeugung, dass es genug Platz und Wohlstand für alle gab. Es war die Zeit vor der Überforderung durch das Internet, vor der minimalistischen Tiny-House-Ästhetik. Alex stellte sich vor, wie die Kleinstadtmittelschicht in den Achtzigern und Neunzigern ausufernde Pool-Partys gefeiert hatte, verteilt über das Grundstück und die Terrassen knutschend und Eierlikör trinkend.

Als die Mutter das Haus kaufte, waren die Wände vergilbt und der Teppichboden fleckig. Am Ende ihres Lebens hatte die damalige Eigentümerin, Frau Reintjes, ganz allein in den acht Zimmern gewohnt und in der Küche und im Salon unentwegt Davidoff Gold geraucht.

Das Gästezimmer, in dem Alex schlief, war frisch renoviert, geräumig und hatte einen eigenen Balkon. Es sah aus, als hätte die Mutter sich einmal durch den Made-Katalog geshoppt: petrolfarbener Teppich, Samt-Couch, Coffee Table in Mid-Century-Optik. Neben der Couch lehnte ein Glasrahmen an der Wand. Schwarz-Weiß-Fotos von Jim Morrison, Allen Ginsberg und Jimi Hendrix. Die einzige Frau: Janis Joplin. Alex verstand nicht, warum die Mutter ausgerechnet diese Collage aus ihrer alten Wohnung mitgenommen hatte. Alex hatte sie mit vierzehn gemacht, als sie sich im Kunstunterricht mit ihrer »Identität« beschäftigen sollten. Damals hörte sie einen holländischen Retro-Rock-Sender, drückte Zigaretten auf ihren Unterarmen aus und verschwand lieber in den tragischen Biografien anderer, als über sich selbst nachzudenken. Das Bild brachte ihr eine glatte Vier ein. Ein paar Monate später waren sie und ihre kleine Schwester Fritzi bei der Mutter ausgezogen.

Sie war nur einmal zu Besuch in der Villa gewesen, da hatte die Mutter ihren dritten Mann Günther geheiratet. Dass sie seitdem nicht mehr hier gewesen war, fand Alex nicht ungewöhnlich. Seit sie ein Teenager war, erfand sie Ausreden für Weihnachtsfeiern und Geburtstage und beantwortete nur jeden vierten Anruf der Mutter.

Als sie vor ein paar Wochen in ihrer Hausarztpraxis saß und auf ein EKG wartete, nahm sie ausnahmsweise ab. Die Mutter rief an, weil Opa Kurt gestorben war.

»Wir wollen die Asche in Holland verstreuen. Du weißt ja: Er hat das Meer geliebt.«

Alex sah die gelbe Speedo vor sich, die Opa Kurt bei ihren Tagesausflügen an die Nordsee getragen hatte. Alex hatte ihm nie nahegestanden. Sie war sich nicht einmal sicher, ob sie ihren Opa gemocht hatte.

»Du kommst doch, oder?«, fragte die Mutter.

Als ihr Name aufgerufen wurde, legte sie auf, ohne eine Antwort zu geben.

»Durchatmen und entspannen«, wies die Arzthelferin sie an, nachdem sie die Elektroden auf Alex' Oberkörper und an ihren Knöcheln platziert hatte. Auf dem Tisch stapelten sich Boxen mit der Beschriftung *Big Orange Needle.* Eine Zeile wie aus einem Gedicht, dachte sie.

Zurück in ihrer Wohnung betrachtete Alex die Spuren der Saugnäpfe unter ihrer Brust. Sie sah aus, als hätte sie in einem Tentakel-Porno mitgespielt.

Sie würde zur Beerdigung gehen. Vielleicht war das ein letzter Rest ihrer kleinbürgerlichen Erziehung: Hochzeiten und Beerdigungen wahrzunehmen. Sich für Grußkarten mit einem Anruf zu bedanken. Die Form zu wahren, ob sie wollte oder nicht.

Also rief Alex die Mutter zurück und buchte ein Zugticket.

Am Tag darauf schickte die Mutter Alex und Fritzi eine SMS:

Ihr solltet wirklich eine Patientenverfügung ausfüllen. Ich kann einen Termin bei meinem Notar machen. Die Kosten übernehme ich : :* :**

Nichts entkam der Organisationswut der Mutter. Nicht einmal der Tod.

Weil es im Gästezimmer keinen Schreibtisch gab, legte Alex den Laptop und ihre Notizbücher auf der Couch ab. Sie stellte den Balkontisch vors Fenster und breitete ihre Unterlagen darauf aus. Zum zweiten Mal las sie die E-Mail ihrer Agentin Jenny.

Betreff: Schreib den Namen deiner Mutter

Liebste Alex,
ich hoffe, dir geht es gut! Ich hab tolle News.
Ich hab gestern mit Roger von dem Schweizer Verlag gesprochen. »Coming of Sex« wollen sie leider nicht machen – zu nischig. ABER: Sie bringen im Frühjahr einen Sammelband raus, und Roger findet, dass du da super reinpassen würdest. Titel: SCHREIB DEN NAMEN DEINER MUTTER. Das Ganze ist Teil einer Ausstellung, bei der ein Dutzend Künstlerinnen gebeten worden sind, »das Unaussprechliche zwischen ihnen und ihren Müttern

auszudrücken, indem sie den Namen ihrer Mutter zum Kunstwerk machen« (steht so auf der Website). Also im Grunde das, worüber Tochter und Mutter nicht reden. Anscheinend hat eine von denen den Namen ihrer Mutter mit Hundehaufen in altgriechischen Buchstaben ausgelegt, mit Benzin übergossen und dann angezündet. Eine andere hat ihre Arbeit nach zwei Tagen abgebrochen, ihr Honorar eingesackt und den Kuratoren eine Mail geschrieben, in der nur stand: »Das ist der Name meiner Mutter«.
Geil, oder? Abgabe wäre allerdings schon im September, aber das schaffst du! Honorar sind 1000 €.
I KNOW: Du bist genervt von Mutter-Tochter-Büchern mit Frauenfotos auf dem Cover – I get that. Aber das ist wirklich was anderes. Die machen ja sonst nur Kunstbücher, das wird sicher subtil.
Ich finde, das ist eine super Gelegenheit. So bleibst du nach dem ersten Roman sichtbar. Und danach finden wir für »Coming of Sex« hoffentlich auch einen Verlag. In Deutschland dürfen eben nur Französinnen über Sex schreiben, dachte ich gestern ;-).
In diesem Sinne:
Mille Bisous
Jenny

Alex war skeptisch. Doch sie brauchte das Geld. Außerdem würde es ihr guttun, eine Aufgabe zu haben, während sie hier war.

Das Problem war nur, dass, worüber Alex und die Mutter nicht sprachen, praktisch alles umfasste. Dass sie, um eine sinnvolle Unterscheidung zwischen dem Gesagten und dem

Ungesagten vorzunehmen, überhaupt einmal miteinander reden mussten.

* * *

Im Haus war es ruhig. Die Mutter hatte einen Arzttermin, Günther war noch in der Firma. Nur das Schleudern der Waschmaschine durchbrach die Stille.

Alex musste dringend an die Arbeit, aber ihr fiel nichts ein. Kein Bild, das sie zum Weiterschreiben animierte. Sie schaltete den Kronleuchter im Flur ein und ging hinauf in den zweiten Stock. Dort betrat sie das Arbeits- und Bügelzimmer.

In den Dokumentenablagen auf dem Schreibtisch Bedienungsanleitungen und Rechnungen. Alex las die Buchrücken in dem kleinen Bücherregal. *Sorge dich nicht, lebe!* Viele Bände Mankell. Ein vereinzelter Goethe in einer abgegriffenen Reclam-Ausgabe.

Alex erschrak, als ihr zwischen den Büchern ein Notizbuch mit schlichtem schwarzem Einband in die Hand fiel. Hatte die Mutter nicht einmal erwähnt, dass sie während ihrer Schwangerschaften Tagebuch geschrieben hatte? Alex war so aufgeregt wie früher, als sie sich manchmal in der großen Pause in den Raum mit den aussortierten Schulbüchern geschlichen hatte.

Montag, 14. Juli 2010, 17 Uhr: Ölwechsel, 18:30 Uhr: Italiano/ VHS.

Sie blätterte das ganze Buch durch und fand nichts als Termine. Alex seufzte und schob das Notizheft zurück ins Regal zwischen *Die fünfte Frau* und *Mittsommermord.* Sie hoffte inständig, dass das sein ursprünglicher Platz war.

Im untersten Fach Fotoalben. Ein einzelnes Foto war nicht eingeklebt. Es zeigte drei fast gleich große Kinder im Querformat. Rechts Fritzi mit zwei geflochtenen Zöpfen und einer großen Zahnlücke, links Alex im BVB-Trikot. In der Mitte ein Junge mit Brille, ihr Stiefbruder Georg, breit grinsend. Wie naiv sie alle aussahen, machte Alex wütend. Dass sie nicht gewappnet waren für das, was sie erwartete.

Auf dem akkurat gemachten Ehebett lag der Teddybär. Vor einigen Jahren hatte die Mutter ihn in eine Kuscheltierklinik geschickt. Dort waren ihm die Augen ersetzt und ein Stück Fell transplantiert worden.

Alex erinnerte sich genau, dass Georg einmal mit dem Bären gespielt hatte. Der Teddy war Godzilla, der Georgs Autoschrottanlage angriff, während eine Reihe Polizei- und Feuerwehrautos versuchte, ihn zurückzudrängen. Die Mutter verbot Georg eine Woche lang fernzusehen. Da musste er sieben gewesen sein.

Auf dem Nachtschränkchen der Mutter eine nach Tagen unterteilte Pillenbox. Alex öffnete das Abteil für Samstag. Eine dreieckige gelbe Tablette mit einer rundlichen Vertiefung. Eine Hartkapsel mit weißlichem Pulver. Eine längliche rote Pille mit Prägung.

Das Schlafzimmerfenster ging hinaus auf die Felder, die sich hinter der Einbahnstraße erstreckten. Sie kamen ihr weniger grün vor als früher. Auch hier war es wärmer als noch vor zehn oder gar zwanzig Jahren.

Das Leben in der Großstadt fühlte sich sehr weit weg an.

* * *

Eine Stunde später stand die Mutter am Waschbecken der Kücheninsel und wusch zwei Äpfel. Alex konnte sich nicht erinnern, dass es in ihrer Kindheit jemals Obst gegeben hatte.

»Wie war's beim Arzt?«, fragte sie und setzte sich auf einen der Barhocker.

»Ach.« Die Mutter drehte den Hahn zu und griff nach einem Apfelteiler.

»Was wurde eigentlich untersucht?«

»Ich musste nur zum Check-up.« Sie legte die Apfelschnitze im Halbkreis auf einen Teller und schob ihn Alex zu. »Ging ganz schnell. Aber auf dem Rückweg waren die Schranken unten.«

Im Keller piepte die Waschmaschine. Alex nahm ein Stück in die Hand, ohne es zum Mund zu führen. Die Mutter begann, den Apfelteiler zu spülen.

»Ich wollte eigentlich noch tanken, aber sogar Diesel ist so teuer gerade. Ich versuch's lieber in Holland.«

Als die Waschmaschine wieder piepte, einmal, zweimal, dreimal, eilte sie davon.

Online versuchte Alex, mehr über die Pillen zu erfahren. Die längliche Tablette mit der Kerbe hätte Ibuprofen sein können. Oder Tavor – zur Behandlung von Angst-, Spannungs- und Erregungszuständen.

Gelbe Pillen, las sie, waren häufig Antidepressiva, weil depressive Patienten gelbe Tabletten angeblich mochten: *Gelb steht für Licht und Leben.* Alex fragte sich, ob die Mutter wirklich depressiv sein konnte. Kein Adjektiv passte schlechter zur Mutter als »antriebsarm«. Doch auch Alex, deren Tabletten rund und weiß waren, war nicht in einem geläufigen Sinne depressiv. Sie hatte keine Probleme damit, Sport zu treiben, zu arbeiten oder morgens aus dem Bett zu kommen. Sie versuchte, sich vorzustellen, wie sie die Mutter auf die Dose auf dem Nachtschrank ansprechen würde. Sie würde so etwas sagen wie: »Hey Mama, denkst du, wir haben beide eine agitierte Depression?« Die Vorstellung war so absurd, dass sie lachen musste.

Vor ein paar Wochen hatte Alex ein Paket bei ihrem Nachbarn abgeholt, einem Jurist kurz vor der Pensionierung. Der Mann hatte ihr von seinem glücklosen Weg nach der Wende erzählt. Davon, dass er es morgens oft nicht schaffte, sein Bett zu verlassen, und er dann in seinem Büro anrief und vorgab, er würde im Homeoffice Aktenberge abarbeiten. Als sie gerade gehen wollte, lud er sie zum Abendessen ein. Alex war zu langsam gewesen, um sich eine Ausrede einfallen zu lassen.

»Du musst lernen, das Unwohlsein anderer auszuhalten«, hatte Jenny ihr erklärt, als sie ihr davon erzählte. »Vielleicht solltest du mal bewusst nach Ablehnung suchen.«

»Erlebe ich als Autorin nicht schon genug Ablehnung?«

»Konfrontation ist schwer, aber sie lohnt sich«, sagte Jenny ungerührt.

Am folgenden Abend stand Alex geschlagene fünf Minuten vor der Wohnungstür des Nachbarn. Es war ihr plötzlich ganz und gar unmöglich, die Sätze über die Lippen zu bringen, die sie sich auf dem Weg durchs Treppenhaus zurechtgelegt hatte. Sie fürchtete seine Überforderung, wenn sie nicht tat, was er sich von ihr wünschte. Ohne zu klingeln, ging Alex zurück in ihre Wohnung im ersten Stock.

Alex hatte mal gelesen, dass bestimmte Hormone den Kiefer daran hinderten, sich zu öffnen, zu sprechen oder zu kauen.

Mit der Mutter zu reden stellte sie sich körperlich genauso unmöglich vor, wie ihrem Nachbarn zu sagen, dass sie niemals mit ihm essen gehen wollte.

* * *

Nach einem schnellen Abendessen mit der Mutter und Günther – Graubrot und eine aufgeschnittene Gurke, Gespräche über Rozi, über die Arbeit und das Haus – lag Alex auf dem Bett und masturbierte. Sie versuchte, an nichts zu denken. Ihre Hand kreiste immer fester, und ihre Vulva fühlte sich zugleich taub und überreizt an. Sie kam ins Schwitzen. Seit zwei Wochen nahm Alex nun ihr Antidepressivum. Fasste sie sich seitdem an, spürte sie eine geleeartige Barriere. Früher, wenn sie sehr betrunken gewesen war, hatte sie sich beim Sex meistens so gefühlt. Als würde sie sich von außen beobachten. Als würde ihr Körper die Lust empfinden, ihr Bewusstsein aber ganz woanders sein.

Alex wischte die Hand an ihrer Bettdecke ab und griff nach ihrem Handy. Ihr neuer Bildschirmhintergrund war das Foto der drei lachenden Kinder. Georg, Fritzi und Alex. Eine Mahnung, es sich hier nicht allzu gemütlich zu machen. Sie wechselte in die Netflix-App, schaltete eine Hip-Hop-Doku an und ging ins Bad. Sie reinigte ihre Zähne mit zwei verschiedenen Zwischenraumbürsten. Das rosa Waschbecken, auf dem sie sich abstützte, hatte die Form einer Muschel.

Aus dem Handy klang Tupac:

»And since we all came from a woman/

Got our name from a woman and our game from a woman.«

Der Föhn war ein schwarzer ausklappbarer Reiseföhn. Alex steckte ihn ein, hob ihr T-Shirt an und begann, ihren Bauch zu föhnen, von links nach rechts und von oben nach unten. Nach ein paar Minuten schaltete sie die zweite Stufe ein. Sie merkte, wie ihr Atem gleichmäßiger wurde. Der Föhn roch nach verbrannten Haaren. Sie hoffte, dass das Gerät nicht schmelzen würde.

* * *

Schreib den Namen deiner Mutter

Ähnlichkeiten zwischen mir und meiner Mutter
- *eine ausgeprägte Angst vor Horrorfilmen (siehe unsere Albträume, nachdem wir »Der Exorzist« gesehen haben)*
- *das Mondzeichen (Fische)*
- *empfindliche Knie, mit denen sich schlecht auf Asphalt laufen lässt*
- *Lieblingsschulfächer (Deutsch und Mathe)*
- *lieber zu laufen oder mit dem Fahrrad zu fahren, anstatt ein öffentliches Verkehrsmittel zu nutzen*
- *eine passable Singstimme*
- *Als Kind der Spitzname »Wibbelstätz« (rheinisch für »unruhiges Kind«)*
- *Bücher als kindliche Ausflucht: Ephraim Kishons Kibbuze, Anne Franks Tagebuch (meine Mutter), Harry Potters Kammer, das Internat von Tim und Klößchen (ich)*
- *manchmal, beim Treppensteigen in öffentlichen Gebäuden, der plötzliche Gedanke an einen lebensgefährlichen Sturz*

Am zweiten Tag

Vom Bett aus sah Alex den grauen Himmel hinter dem streifenfreien Fenster. Der Tag war düster, mehr November als August. Die Äste der Kastanien schaukelten im Wind, der die Wolken über den Wald trieb.

Das Wetter erleichterte Alex. Sie hatte lange geglaubt, der Sommer wäre ihre liebste Jahreszeit, doch in den letzten Jahren hatte sie regelmäßig eine Sommerkrise befallen, eine Art Hitzedepression, die sich in Unruhe und Verzweiflung äußerte und unerträglicher war als die dumpfe Leere des Spätwinters. Sie stieg aus dem Bett und dehnte ihre Handgelenke. Feine Falten zeichneten sich auf ihren Fingern ab. Sie nahm sich vor, später *Anti-Aging-Tipps für Hände* zu googeln, aber erst mal wollte sie frühstücken. Sie hatte Lust auf einfaches, herzhaftes Essen. Sie hätte drei Eier mit Mayo essen können oder eine Dose Makrelen.

Erst als sie die Treppe ins Erdgeschoss hinabging, fiel ihr ihr Traum wieder ein. Sie war mit Fritzi vor einem Feuer geflohen. In einem Auto fuhren sie übers Meer und kämpften darum, eine rettende Insel zu erreichen. Es gelang ihnen nur knapp. Gemeinsam mussten sie die Mutter, die in einem anderen, nackten, blassen und geschlechtslosen Körper steckte, mit aller Kraft ans Ufer ziehen.

Die Mutter hatte Alex den Rücken zugewandt und wischte mit einem Mikrofasertuch die Arbeitsplatte ab. Über ihr hingen drei Schwarz-Weiß-Fotos, die Günther und die Mutter im Standesamt der Gemeinde zeigten.

»Guten Morgen«, sagte Alex und setzte sich. Es war bereits eingedeckt. Auf dem Tisch standen Teller, Tasse, Untertasse, Messer, Löffel und Eierbecher.

Alex fragte sich, ob die Mutter den Tisch noch immer am Vorabend deckte. Woran sie denken mochte, wenn sie um fünf Uhr morgens dasaß und ihren Cappuccino trank, bevor sie das große dunkle Haus verließ und zur Arbeit in das graue Polizeipräsidium in der Innenstadt fuhr.

»Guten Morgen. Cappuccino?« Ohne eine Antwort abzuwarten, schaltete die Mutter die Kaffeemaschine ein. Sie presste den Saft einer Zitrone aus und goss heißes Wasser darauf. »Trink das mal. Das ist ayurvedisch.« Sie stellte Alex das Glas hin und schaltete den Backofen ein. Sie selbst machte keine Anstalten, sich zu setzen.

Während Alex trank, zwang sie sich, die Mutter genau anzusehen. Die harte schwarze Färbung der Haare, die Falten um die Mundwinkel. Sie hatte abgenommen. Ihr Gesicht war eingefallen, *afgewerkt*, sagten die Menschen hier. Sie sah alt aus. Alex fiel erst jetzt auf, dass der Mutterkörper in ihrem Traum das Gegenteil des wirklichen Mutterkörpers war – voluminös und konturlos statt zäh und hart. Aber er war bereits so hilflos, wie die Mutter irgendwann sein würde. Alex fragte sich, wie so oft, ob sie je in der Lage sein würde, sich um sie zu kümmern. Wenn Günther, der einige Jahre älter war, sterben und Fritzi immer noch weit weg sein würde. Sie hoffte, dass ihr bis dahin noch Zeit blieb. Denn noch war der Körper der Mutter muskulös, besonders die Oberschenkel und Waden. All ihre Klamotten waren eine Nummer zu groß und outdoor-tauglich, die Frisur asymmetrisch und so exakt, als wäre sie mit dem Rasiermesser geschnitten. Sie hatte etwas sehr Lesbisches an sich.

»Wie viele Brötchen möchtest du?«

Die Mutter hielt eine aufgerissene Plastiktüte in der Hand. Alex hätte gerne Müsli oder Vollkornbrot gehabt, traute sich aber nicht, danach zu fragen.

»Zwei reichen mir.«

Die Mutter legte zwei Brötchen in den vorgeheizten Ofen. Ihre Hände sahen genauso aus, wie die von Alex irgendwann aussehen würden.

Von der Küche aus sah Alex auf eine grau gescheckte Tanne, die aus dem Wald in den Garten ausscherte und der Finsternis des Tages einen bedeutungsvollen Anstrich gab. Wie in einem Independent-Film mit Wagner-Soundtrack.

Alex dachte daran, wie sie ein Selfie von sich in einer App hochgeladen hatte, die ein Bild von ihr in alt ausgespuckt hatte. Das Ergebnis war der Mutter wie aus dem Gesicht geschnitten. So ähnlich sie sich äußerlich waren, so wenig wussten sie, was die andere brauchte.

* * *

An einem feuchtwarmen Tag im Februar hatte die Mutter zum dritten Mal geheiratet. »Februar, Februar, deine Geschwister sind Cousinen«, ging es Alex durch den Kopf, weil sie das mal auf Twitter gelesen hatte.

Ein Radfahrer fuhr in einer dünnen Daunenjacke und kurzer Hose über den nassen Asphalt. Lastwagen, die Container vom Hafen zum Bahnhof brachten, rasten durch die tiefen Pfützen.

Bis die kurze Wagenkolonne vor dem Standesamt hielt, hatte niemand von der Hochzeit gewusst. Alle Verwandten und Bekannten waren davon ausgegangen, dass sie sich für eine Nachweihnachtsfeier trafen.

Die Standesbeamtin wirkte nervös. Eines ihrer Beine wippte unter dem rustikalen Eichentisch auf und ab. Das knappe Dutzend Gäste – in Alltagskleidung, Jeans und Windbreakern, Opa Kurt in einer seiner typischen Adidas-Jogginghose – ließ sich davon in seiner Rührung nicht beirren. Glasige Augen waren ja irgendwie auch vorprogrammiert, dachte Alex, bei dieser Kombination aus Überraschung und Romantik. Nur Oma Kriemhild wirkte genervt davon, dass ihr Tagesplan über den Haufen geworfen worden war.

Bevor sie die Ringe austauschten, hielten die Mutter und Günther eine kurze Rede. Die Mutter bedankte sich bei ihrem frisch angetrauten Mann dafür, dass er ihr so kurz nach ihrem Kennenlernen auf einer Online-Datingseite beigestanden hatte. Bei ihrem zweiten Date wurden die Bauchkrämpfe, die die Mutter schon ein paar Tagen geplagt, kurz vor dem Treffen aber nachgelassen hatten, erneut so schlimm, dass sie sich vor Schmerzen nicht mehr rühren konnte. Günther hatte sie direkt ins Krankenhaus gefahren. Auf dem Weg dahin hatte die Mutter Alex ausnahmsweise telefonisch erreicht. »Ich hab Angst zu sterben«, hatte sie gesagt, und Alex wusste nicht, wie sie darauf reagieren sollte. Die Notoperation dauerte fünf Stunden. Der Blinddarm der Mutter war geplatzt, der Operateur entfernte daumendicke Abszesse und einen Teil des Darms. Alex hatte die Mutter während der zehn Tage, die sie im Krankenhaus bleiben musste, nur zweimal angerufen.

»Ohne dich hätte ich das nicht geschafft«, sagte die Mutter unter Tränen in Günthers Richtung. »Du hast mich am Leben gehalten.«

Alex war überrascht, als sie merkte, dass auch sie weinte. Sie hatte sich gewünscht, die Person sein zu können, die die Mutter am Leben hielt.

* * *

Nach dem Frühstück nahmen sie sich die Fahrräder und fuhren los. Es war immer noch dicht bewölkt, aber trocken. Die Mutter hatte sich den Tag für einen Ausflug mit Alex freigenommen. Mit dem E-Bike über die Grenze, bis in die Nachbarstadt und zurück. Manchmal fragte Alex sich, ob die Mutter wirklich Lust auf diese Art von Mutter-Tochter-Aktivitäten hatte.

Der Radweg wand sich den Bach entlang, Kopfweiden streckten in Reih und Glied ihre Häupter in die Luft. Hier und da drang der Ruf der Steinkäuze von den Ästen herab. Sie fuhren über einen kleinen Steg, unter ihnen klapperten die Planken. Plötzlich waren sie in Holland.

»Das ist die grüne Grenze«, erklärte die Mutter. »Nu moeten we nederlands spreken en wiet roken.«

Alex versuchte zu lachen. Als Teenager hatte sie die Brücke alle paar Wochen überquert, um im Coffeeshop einzukaufen. Auf dem Rückweg hatte sie jedes Mal gefürchtet, dass die Mutter aus einem versteckten Einsatzfahrzeug springen würde.

»Hast du eigentlich wirklich nie Gras ausprobiert?«, fragte sie, als sie in einen Kreisverkehr einbogen.

»Würde ich nie machen. Das Marihuana heute ist gentechnisch manipuliert. Das ist dreimal so stark wie in den Neunzigern.«

Sie sah so streng aus, dass Alex nicht weiterfragte.

Gleich hinter dem Kreisverkehr lag der Spirituosenladen, in dem nie jemand nach ihren Ausweisen gefragt hatte. Als Merkel Kanzlerin wurde, trank Alex dort ihren ersten Bacardi Breezer. Zur gleichen Zeit war sie das erste Mal verliebt, in Wassil, mit dem sie Wodka trank und Dostojewski las und halbe Zigaretten aus Aschenbechern klaubte. Ihre Lehrer*innen fragten sie zwischen den Stunden auf den Gängen besorgt, ob es ihr gut ging. Sie nickte und traf sich in den Pausen mit den älteren Skatern, um Joints zu rauchen und Hip-Hop zu hören.

Alex war das begabte Mädchen mit den rehbraunen Augen, das nur verdorben werden konnte. Dabei machte sie nichts anders als ihre männlichen Freunde. Auch sie klaute Stroh-Rum und Korn aus dem Schnapsschrank und betrank sich jedes Wochenende, bis sie sich übergab oder ihre Wut nicht mehr an ihrem eigenen Körper entlud, sondern an Telefonzellen und Mülltonnen. Es war so lange großartig, bis die Jungs sich schlugen oder auszogen und den Schwächsten von ihnen an einem Strick umherführten wie einen Hund.

Woran sich Alex jedoch auch erinnerte: An dieses Gefühl, im Halbdunkel auf einem Waldweg zu sitzen, hinter ihnen die kleine holländische Burg, vor ihnen der Wassergraben. Daran, Camel zu rauchen und ab der zweiten Flasche zu spüren, wie sie sich alle näherkamen und Dinge sagten, die ihnen sonst peinlich waren. Sie erinnerte sich daran zu ahnen, dass das Leben größer war als sie. Dass sie einmal von hier weggehen und eine Sprache finden würde, die ehrlich und offen sein durfte für ihren Schmerz und ihre Sehnsüchte.

In der Kleinstadt hinter der Grenze schloss die Mutter die Räder aneinander, bevor sie ihr E-Bike zusätzlich an einen Laternenmast ansperrte.

Auf dem Marktplatz wurden Käseräder, Klompen und Weingummis verkauft. Auf einem überlebensgroßen Pappaufsteller ließ eine Frau mit blonden Zöpfen einen rohen Fisch über ihrem Mund baumeln.

Sie aßen Pommes und »open been«, eine frittierte, aufgeschnittene Wurst, die mit Zwiebeln, Ketchup und Mayo garniert war. Die Pommes waren dick und knusprig.

Anlasslos erzählte die Mutter ihr von Paul, einem Jungen, mit dem Alex als Kind auf Bauernhöfen und Feldern gespielt hatte. Paul war inzwischen Feuerwehrmann und hatte einen kleinen Sohn mit chronischen Atemwegsproblemen.

»Ich glaube, der Kinderarzt ist überfordert«, sagte sie. »Ich hab Barbara gesagt, dass sie zu einem Spezialisten in Düsseldorf fahren sollen. Aber Paul will nicht.«

»Wieso nicht?«

»Er vertraut ihrem Arzt. Sie waren zusammen in der Grundschule. Dabei ist das Baby letzte Woche fast erstickt im Schlaf.«

Alex schwieg. Sie dachte an das tote Baby aus *Trainspotting*, das blau angelaufen auf einem Teppich lag.

Als Alex sechs Jahre alt war, hatte sie manchmal bei Paul übernachtet. In seinem Kinderzimmer spielte er einen Unbekannten, der ihr hinter einer Häuserecke auflauerte. Sie setzte sich zur Wehr und wurde von ihm überwältigt, während er versuchte, seinen Kinderpenis in ihren Anus zu schieben. Alex hatte die Szene vor ein paar Jahren in einer Kurzgeschichte beschrieben (*sein kleines, schlaffes Glied, klein, klein, so klein*) und der Mutter eine Ausgabe der Literaturzeitschrift geschickt, in der der Text erschienen war. Die Mutter hatte nie darauf reagiert.

Vor dem Kostümgeschäft gegenüber fuhr ein Kind auf seinem Fahrrad auf und ab und heulte unregelmäßig auf. Im Schaufenster wartete eine Reihe von Clownsperücken und Scream-Masken das ganze Jahr über darauf, dass Halloween wurde. Die Szene wäre ganz nach dem Geschmack von Opa Kurt gewesen. Wie er mit Alex und Fritzi Verstecken gespielt hatte, nur um ihnen, als Werwolf verkleidet, aufzulauern, war eine der wenigen Erinnerungen, die sie an ihn hatte.

Alex wartete, bis die Mutter das letzte Stück Wurst mit einem großen Schluck Cola runtergespült hatte.

»Warum ist Opa eigentlich nach Holland gezogen?«

»Ach.« Die Mutter trank noch einen Schluck. »Er hat immer gesagt, dass er Königin Beatrix liebt. Nach dem Kerkeling-Sketch hat er wochenlang von nichts anderem gesprochen.«

»Aber woher hatte er das Geld für das Haus?«

»Gespart. Ist alles abbezahlt.«

»War das, nachdem er im Gefängnis war?«

Die Mutter sah sie nicht an. Als sie fünfzehn war, hatte Opa Kurt ein halbes Jahr im Gefängnis verbracht. Alex wusste nur, dass seine Strafe irgendetwas mit krummen Geschäften in der Wäscherei zu tun hatte. Sie tippte auf Steuerhinterziehung und Geldwäsche.

»Ja. Er hat immer davon gesprochen wegzugehen. Nach Kalifornien oder Südengland. Am Ende wurde es immerhin Holland.«

»Warst du traurig, dass ihr nicht in derselben Stadt gewohnt habt?«

Ein ohrenbetäubender Schrei. Das Kind war der Länge nach umgekippt und weinte jetzt herzzerreißend. Die Mutter sprang auf und putzte ihm die Tränen mit einer Serviette aus dem Gesicht, bis das Kind kleinlaut den Kopf neigte und endlich um die Ecke in Richtung Bowlingzentrum davonfuhr.

Mit roten Wangen kam die Mutter zu Alex zurück.

»Manche Menschen sollten einfach keine Eltern werden.«

* * *

Nach der Fahrradtour rief Alex ihre Großmutter an. Es klingelte lange, wahrscheinlich schaute Kriemhild DFB-Pokal.

»Ach, du bist das«, sagte sie endlich und atmete schwer, als ob Alex sie bei etwas Wichtigem störte.

»Wie geht's dir, Oma?«

»Ich bin müde, hab gerade mittaggegessen. Zwei Äpfel, Zimt und so viel Joghurt, wie ich wollte!«

»Das klingt gut.«

»Ja. Ich bin ja auf Diät.«

»Du wirst uns noch alle überleben.« Obwohl Alex' Oma seit Jahrzehnten über ihre gesundheitlichen Leiden klagte, war sie erstaunlich fit.

»Aber die Hüfte!«

»Du machst doch deine Spaziergänge.«

»Jeden Tag zum Fluss, einmal die Promenade entlang und zurück.«

»Sehr gut. Oma, ich rufe eigentlich wegen der Fotos an. Aus Mamas Kindheit.«

»Dafür hatte ich keine Zeit.«

»Alles klar. Du kannst mir ja Bescheid sagen.«

»Ja, so ist das«, sagte die Großmutter. »Tschüss!« Sie legte auf, ohne Alex' Verabschiedung abzuwarten.

Alex klappte ihren Laptop auf und schloss Maus und Tastatur an.

Schreib den Namen deiner Mutter

Ihr Sonnenzeichen ist Waage und ihr Mondzeichen Fische.
Am Tag ihrer Geburt hielt Konrad Adenauer kurz vor dem Ende seiner Kanzlerschaft eine Rede zum Erhalt der Ehrenbürgerschaft der Stadt Berlin.
»Nun, man muss Konflikte haben, man muss sie ausfechten. Wenn sie ausgefochten sind, gehören sie der Vergangenheit an.«

Draußen ein Getöse auf dem Kies der Einfahrten. Die Nachbarn, die zeitgleich ihre Mülltonnen an den Straßenrand stellten. Alex schickte den Absatz mit einem »LOL« versehen an Fritzi. Dann löschte sie ihn und fing neu an.

Drei Versuche, in drei Sätzen zu beschreiben, worüber meine Mutter und ich nicht sprechen.

1.
Meine Mutter schweigt nie.
Meine Mutter schließt am liebsten Wetten auf die Zukunft ab.
Meine Mutter fächert die Leiden der Vergangenheit auf wie andere ihre irdischen Besitztümer: mein Ex-Mann, mein Kaiserschnitt, mein schwer erziehbarer Stiefsohn.

2.

Meine Mutter riecht nach Persil-Waschmittel und Vanille-Lotion.

Wenn ich wütend werde, spüre ich die Wut meiner Mutter in meinem Mund und meinen Händen wie einen bösen Geist.

Meine Mutter läuft immer so schnell, als würde sie ihr ganzes Leben vor etwas davonlaufen.

3.

Die ersten sieben Jahre meines Lebens waren ereignislos.

Die folgenden sieben Jahre sind zu einem Satz geronnen, den ich sage, ohne etwas zu fühlen: »Ich bin in Gewalt aufgewachsen.«

Seit zwanzig Jahren versuche ich, den Zusammenhang zwischen diesen beiden Sätzen zu verstehen.

Am dritten Tag

Was es in Alex' Familie immer schon im Überfluss gab, waren Hunde und Fahrräder.

Die Mutter hatte immer große Rüden gehabt. Schäferhunde und Labradore, die Gäste anrammelten und die Nachbarskatzen jagten. Rozi war anders. Sie war etwas größer als ein Chihuahua, hatte riesige Augen und eine runzlige Schnauze. Sie sah meistens ein wenig eingeschnappt aus, auch jetzt, als sie durch den Wald lief und Alex ab und an einen pikierten Schulterblick zuwarf.

Als Rozi die Amsel attackierte, hörte Alex gerade einen Podcast über den Briefwechsel zwischen Sylvia Plath und ihrer Mutter.

Seit Mittwoch fühle ich mich wie ein »neuer Mensch«, schrieb die Dichterin am 12. Dezember 1958 nach einer Sitzung mit ihrem Psychiater in ihr Tagebuch. *»Ich gebe Ihnen die Erlaubnis, Ihre Mutter zu hassen.« »Ich hasse sie, Doktor.« Und ich fühle mich großartig.*

Die Amsel schrie auf und flog in einer Wolke aus Federn und Staub ins Unterholz. Rozi wirkte wie ausgewechselt. Selbstbewusst rannte sie zum Ufer des Bachs, den die Mutter und Alex am Tag zuvor auf ihrer Radtour überquert hatten.

»Platz«, befahl sie und ging ein paar Schritte in die Richtung, in die der Vogel entkommen war, doch von ihm war nichts mehr zu sehen. Alex beneidete die Hündin darum, ihrer Wut freien Lauf lassen zu können. Sie beschloss, die Attacke zu vergessen.

Nach dem Spaziergang stieg Alex in den Bus Richtung Stadt. Kriemhild hatte endlich ihre alten Fotoalben aus dem Abstellraum geholt.

Alex' Oma wohnte in einer Sozialwohnung in Rheinnähe. Neben der Balkontür hing ein gerahmtes Poster von Marilyn Monroe. Vom Sofa blickte eine Reihe Porzellanpuppen. Kriemhild war gut drauf. Beim Metzger hatte sie kürzlich einen Mann kennengelernt, der entweder Witwer war oder seiner Frau nichts von ihr erzählte.

»Er trägt einen Ehering, aber ich werde einen Teufel tun und ihn danach fragen«, sagte sie und wechselte das Thema. »Letzte Nacht habe ich übrigens geträumt, dass ich richtig guten Sex hatte.« Oma Kriemhild hatte schon immer gern über ihr Sexleben geredet. »Ich fühle mich immer besser, ne?«, freute sie sich und rieb ihre Nasenspitze zwischen Daumen und Zeigefinger. »Und ich sehe viel besser aus als meine Schwester, die ist todkrank.«

Dann zählte sie auf, was sie sich in der letzten Zeit alles angeschafft hatte: Gästehandtücher und eine neue Bluse für sich, einen Radiowecker für Alex' Tante Petra, alles im Ausverkauf. Heute trug sie ein T-Shirt mit einem silbernen Glitzerherz und der Aufschrift *Enjoy every moment.* Dazu eine Bluejeans und Ballerinas. Nur die blutig gekratzte Nase, die die Oma hatte, seit Alex denken konnte, störte das Bild.

Roswita und Kinder, 1946.
Das Foto, das zuoberst lag, zeigte Kriemhild als Baby inmitten ihrer Geschwister. Die Kinder trugen Schleifen im Haar und waren der Größe nach aufgereiht.

Kriemhild war als letzte von sieben Töchtern zum Kriegsende geboren worden. Ihr Vater hatte sie in seinem letzten Brief vor dem Tod an der Front nicht erwähnt.

»Dabei muss meine Mutter doch geschrieben haben: Kriemhild ist geboren«, wunderte sich die Oma jetzt, wie so oft.

Kriemhild, 1960.
»Fünfzehn Jahr, schwarzes Haar.« Zu dieser Zeit fing sie an, an Sonntagen auszugehen. »Ich und meine Freundinnen, wir sind immer zu einem Tanzkeller gefahren. Einen Mann habe ich dort jede Woche gesehen, da haben mir die Beine gezittert.«

Von ihm gab es kein Foto. Dafür mehrere von dem Mann, den Kriemhild drei Jahre später heiratete: Opa Kurt am Zeichenbrett im gestärkten Hemd. Opa Kurt mit seinen zwei Töchtern an der holländischen Nordsee, Petra auf dem Arm, daneben die Mutter, die ihm nach einem Wachstumsschub in der frühen Pubertät schon fast bis zur Schulter reichte. Kurz darauf erklärte er, dass er zu etwas Größerem geboren war. Dass er sich fortan seiner Kunst widmen wollte und das Alltagsgeschäft in der Wäscherei einem Angestellten überlassen würde.

Auch den folgenden Teil der Geschichte hatte Alex so oft gehört, dass sie sich anstrengen musste, aufmerksam zu bleiben. Dabei würde die Oma wahrscheinlich nicht einmal bemerken, wenn sie einschlief oder ein Handy-Spiel spielte. Alex' körperliche Anwesenheit genügte Kriemhild.

Kurt war in eine eigene Wohnung gezogen und hatte sich die Haare abrasiert. Er trank jeden Tag in seiner Stammkneipe am Bahnübergang, wenn er nicht auf einem Campingstuhl in der Fußgängerzone saß und bunte Kreidezeichnungen auf den Asphalt malte oder nächtelang in seiner Wohnung Selbstporträt um Selbstporträt malte. Er weigerte sich, Unterhalt zu zahlen, und suchte die Wäscherei nur noch auf, um sich mehrmals die Woche Geld aus der Kasse zu nehmen. Kriemhild brachte die Familie allein durch. Sie ging putzen und arbeitete in der Schokoladenfabrik. Der Geruch von Kakaobutter lag ihr heute noch in der Nase, »als hätte jemand wo hingepinkelt«. Immerhin durfte sie die zerbrochenen Tafeln mit nach Hause nehmen.

»Deine Mutter hat ihre immer bis nach den Schulaufgaben aufgehoben. Petra wollte sie das auch befehlen, wie so eine kleine Diktatorin.« Oma Kriemhild lachte vergnügt.

»Wie war Mama denn als Kind?«

»Sie war immer ernst. Einmal kam sie nach Hause, als ich Männerbesuch hatte. Sie war auf dem Weg zum Training und hatte ihre Fußballschuhe vergessen. Wir waren ein bisschen laut. Der konnte das gut! Deine Mutter hat geschrien und ist ohne ihre Schuhe aus der Wohnung gerannt.«

»Habt ihr euch gut verstanden?«

»Ach, ich hatte ja so wenig Zeit. Und deine Mutter wollte immer alleine sein und lesen.«

Alex stellte sich die Mutter vor, klein, dunkelhaarig und hart. Ein Kind, das alles besser wissen musste, weil es eine Wand aus Wissen zwischen sich und der Welt brauchte. Das so seine Sensibilität hütete, bis es sie selbst fast vergessen hatte.

»Ich frag mich, ob ich deswegen verrückt geworden bin. Weil ich so wenig Zeit für mich hatte.«

Als die Kinder aus dem Haus waren, fing es an. Plötzlich wurde Oma Kriemhild alles zu viel: das Licht, das sich auf dem Wasser spiegelte, die Geräusche des Schulbusses vor ihrem Wohnungsfenster.

Mit Anfang fünfzig hörte sie zum ersten Mal diese Stimmen. Sie drangen aus den Wänden und drohten, ihren Kindern ein Leid zu tun. Danach sah sie Menschen, wo keine waren, und war überzeugt, dass der Atomkrieg unmittelbar bevorstand. Sie wurde in eine Psychiatrie eingewiesen und verbrachte dort mehrere Monate.

»Was haben die Stimmen gesagt?«, fragte Alex.

»Das hab ich vergessen. Daran will doch niemand denken.« Kriemhild stand auf und schloss das Fenster. »So, jetzt mach ich meinen Mittagsschlaf! Mach ich jeden Tag, das hält jung.«

Niemand hatte Kriemhilds Liebschaft bisher zu Gesicht bekommen. Alex fragte sich, ob es den Mann vom Metzger wirklich gab.

Draußen vor dem Wohnblock schrieb Alex der Mutter, die gerade einkaufen war und sie im Anschluss abholen wollte, eine WhatsApp-Nachricht. Dann googelte sie *Schizophrenie erblich.* Sie las, dass für das Kind eines schizophrenen Elternteils eine Wahrscheinlichkeit von rund zehn Prozent bestand, im Laufe des Lebens ebenfalls zu erkranken. Außerdem waren Schizophrenie und Bipolare Störung, Angst- und Zwangsstörungen sowie Autismus-Spektrum-Störungen und ADHS genetisch eng miteinander verwandt.

Oma Kriemhild nahm immer noch Medikamente. Neuroleptika, die ihren Körper aufgehen ließen und denen sie mit wechselnden Diäten beizukommen versuchte, das wusste

Alex. Doch sie wusste immer noch nicht, wofür die Pillen der Mutter da waren. Ob auch ihr Bezug zur Wirklichkeit durch eine Erkrankung verzerrt wurde. Das Schweigen der Erwachsenen, seit Generationen. Ein Schweigen, das in den Wahnsinn führte.

Die Mutter trug noch ihre Polizeiuniform, als sie Alex einsammelte: ein dunkelblaues Polo-Shirt mit Schulterepauletten und eine dazu passende Navy-Hose.

»Wie geht's Oma?«, fragte sie. Ihr Mund war ein schmaler Strich.

»Wie immer«, antwortete Alex. »Sie hat kein Geld. Sie hat Petra welches gegeben.«

Die Mutter sprach von Kriemhilds Undankbarkeit. Davon, dass sie sie immerzu unterstützte. Und dass Kriemhild dennoch immer ihre Schwester vorzog. Alex hätte die Litanei mitsprechen können. Hinter jedem Satz lag der Schmerz.

»Könntest du Oma nicht sagen, wie es dir damit geht?«

Die Mutter ließ sich nicht beirren. »Jetzt hat ihr die tolle Petra auch noch versprochen, zusammen neue Vorhänge für sie auszusuchen.«

Alex wusste nicht, was sie noch hätte erwidern sollen. Die Mutter hatte recht: Oma Kriemhild liebte sie nicht.

»Aber das Hotelzimmer für Opas Beerdigung darf ich bezahlen. Ich hab uns vier Einzelzimmer gebucht. Mit Frühstück.«

»Ich kann dir bei der Planung was abnehmen.«

»Du kannst mir helfen, den Keller auszumisten«, sagte die Mutter und schaltete das Radio an.

Seit Alex' Ankunft hatte sie davon gesprochen, die Vorräte der Vorbesitzerin »zu organisieren«. Hunderte Gläser mit

Eingemachtem, die Frau Reintjes ihren Kindern vermachen wollte und die ihre Kinder nicht wollten, auch nach ihrem Tod nicht.

In der Mitte des Kreisverkehrs standen zwei Maibäume mit ausgeblichenen Papiergirlanden. Daneben warb ein Möbelhaus mit einem frei stehenden Plakat für einen Gartenausverkauf: *Wer schöner wohnt, lebt schöner.*

Alex glaubte, die Türklingel zu hören.

»Hörst du das auch? Hat es nicht geschellt?«

»Quatsch«, antwortete die Mutter.

Es war wirklich unwahrscheinlich, dass sie das Läuten hier unten hörten. Der Bombenkeller war so abgeschottet, als wären sie bereits tot und begraben. Eine Tür aus Stahl und Blei führte von der Halle mit dem unfertigen Swimmingpool in die beiden Luftschutzräume. Ab den späten Sechzigerjahren wurde die Zivilbevölkerung in der Bundesrepublik ermutigt, Bunker zu bauen. Zweihundert D-Mark gab es pro Schutzplatz. Alex fragte sich, wie das zu dem Lifestyle der Familie Reintjes passte, zu Pool-Partys und Kronleuchtern. Ob ihre Lebenslust auf dem Grund einer Todesangst fußte. Ob sie tagein, tagaus beim Rasensprengen die Sowjets fürchteten oder die Rote-Armee-Fraktion.

»Füll mal den Eimer hier auf.«

Alex ging zurück in den Raum hinter der Stahltür. Metallene Etagenbetten und ein Edelstahlwaschbecken. Es roch nach Chanel No. 5 und Moder. Vielleicht hatte der Geist von Frau Reintjes an der Haustür geklingelt. Vielleicht war sie zurückgekommen, um die Mutter daran zu hindern, sich an ihren Hinterlassenschaften zu vergreifen.

Zurück im Vorratsraum stand die Mutter vor deckenhohen Regalreihen. Alex betrachtete die Einweckgläser, die kein Ende nahmen. Sie befreiten die Gläser mit Lappen von Staub und entsorgten sie – bei augenscheinlicher Schimmelbildung – oder sortierten sie gemäß dem System der Mutter. Typ: Beeren – Kohl – Marmelade – Eingemachtes. Untertyp: Johannisbeeren – Preiselbeeren – Weißkohl – Rote Beete – Rotkohl – Saure Gurken – Erdbeermarmelade – Himbeermarmelade – Birnenkompott. Mit einem Knall fiel die Stahltür zu. Alex hatte schwören können, dass sie eine Badelatsche zwischen Tür und Rahmen geklemmt hatte. Vielleicht wollte Frau Reintjes' Geist sie doch dazu ermutigen, das ganze Zeug zu entsorgen, Glas für Glas an der Betonwand zu zerschlagen, Kohlweiß auf Rote-Beete-Rot und Johannisbeerlila. Ein häusliches Action Painting. Es war hoffnungslos, mit der Mutter über Sinn und Zweck ihres Vorhabens zu diskutieren. Sie hatte sogar ein Etikettiergerät bestellt.

Alex nahm ein Glas. Es lag überraschend schwer in der Hand. Sie griff zum Putzeimer, wischte es ab und wrang den Lappen aus. Das Wasser im Eimer färbte sich bräunlich grau. In dem Glas schwammen helle Klumpen in einer trüben Wolke. Geriebene Möhre und Gewürze. Sie hoffte inständig, keine Maden vorzufinden, aber das Glas schien okay. Frau Reintjes war eine Meisterin des Einweckens gewesen. Alex versuchte, den Aufkleber zu lesen. Die alten Etiketten waren nicht nur in Sütterlin geschrieben, sondern auch vergilbt. Sie tippte auf Spitzkohl und griff zum Etikettiergerät, das schnurrte wie ein Kätzchen.

»Erinnerst du dich an die Birnenmarmelade, die ich früher gekocht habe?«, fragte die Mutter, als sie mit frischem Putzwasser aus dem Vorraum zurückkehrte. »Von der Streuobstwiese am Deich.«

Der Deich, über dem der Nachthimmel weiter war als anderswo und die Sterne zahlreicher. Alex dachte an Aufbackbrötchen mit zerfließender Butter und Marmelade. An die Milch von dem Hof die Dorfstraße runter, der später aus Hygienegründen geschlossen wurde.

»Du hast immer so viel gegessen. Die doppelte vorgeschlagene Breimenge«, sagte die Mutter. »Dabei warst du spindeldürr.«

Alex verstand jetzt. Die Arbeit im Keller war ihre Art, etwas zu regeln. Ordnung zu schaffen, wo zuvor Chaos war. Das entsprach ihrem Wesenskern. Und indem sie das mit der Tochter teilte, suchte sie ihre Nähe.

»Daran kann ich mich nicht erinnern«, sagte Alex und spürte einen Anflug von Schuld. Wie jedes Mal, wenn die Mutter einen seltenen Schritt auf sie zuging und Alex nicht anders konnte, als zurückzuweichen.

Die Mutter und sie hatten als Erwachsene eine einzige Reise zusammen unternommen. Alex hatte nach dem Abi sechs Monate in Jordanien gewohnt und war von der Hitze und der Trockenheit zu erschöpft gewesen, um den Besuch der Mutter abzuwimmeln. Zusammen fuhren sie von Amman ans Meer.

An einem Abend in einem Hotel in Akaba hatte Alex es schließlich nicht mehr ausgehalten und war allein ausgegangen. In einer Kneipe hatte sie sich mit libanesischem Bier betrunken, bis sie mit einem Mann, der behauptete, er sei Pilot bei einer russischen Fluggesellschaft, auf einem Motorroller die Corniche entlangraste, auf und ab. Im Helmfach hatte er eine Zweiliterflasche Sprite dabei, die er in großen Plastikbechern mit Wodka mixte.

»I have opium at home«, sagte er nach dem zweiten Drink, doch Alex lehnte ab.

Als sie ins Hotel zurückkam, saß die Mutter, durch den Ruf zum ʿIschāʾ-Gebet geweckt oder die ganze Nacht auf sie wartend, kerzengerade im Bett. Alex versuchte vergeblich, nicht zu torkeln.

»Ich vermisse dich«, meinte Alex, die Mutter sagen zu hören, bevor sie einschlief, ohne ihre von Motoröl und Sand verschmutzte Jeans auszuziehen. Zwei Tage später reiste die Mutter ab, ohne dass sie noch einmal über den Abend oder ihre Gefühle gesprochen hatten.

Alex beobachtete die Mutter dabei, wie sie sich auf die Zehenspitzen stellte und eine Reihe besonders großer Gläser aus dem obersten Regalfach räumte. Die Spinnweben fielen ihr auf den Kopf, dunkler als die silbrigen Ansätze, die unter dem gefärbten Haar hervorschienen. War die Mutter in den letzten Jahren im Schnelldurchlauf gealtert?

»Ach, guck mal!«

Sie hielt Alex einen Zettel entgegen.

– *3 x HB*
– *Schinken*
– *Kartoffeln*
– *Eier*
– *Kernseife*

Eine Einkaufsliste aus einer Zeit, in der es noch kein Plastik gab.

»Ganz schön viele Zigaretten«, sagte Alex.

»Sie ist ja auch an Lungenkrebs gestorben«, sagte die Mutter.

Sie erzählte, was sie von der Maklerin wusste. Dass Frau Reintjes dünner und dünner geworden war, dass die Nachbarn ihr Husten die ganze Nacht durch die Tannen hörten. Dass sie sich geweigert hatte, zum Arzt zu gehen, bis ihre Tochter sie in ihrem Wagen mitgenommen hatte. Frau Reintjes war nie zurückgekehrt.

»Am Ende war sie alleine in einem Hospiz. Schrecklich.«

Beim Gedanken an die alte, verlassene Frau Reintjes überfiel Alex ein vorauseilendes Schuldgefühl. Würden sie oder Fritzi der Mutter vergeben und sie im Alter versorgen? Oder würde sie von jemand Fremdem in den Tod gepflegt werden, allein in diesem leeren großen Haus? Alex nahm den Eimer und ging zum nächsten Regal.

* * *

Zum Abendbrot aßen sie gefüllte Paprika mit Reis und tranken Apfelschorle.

»Was macht die Arbeit?«, fragte Günther. Günther war ein Selfmademan, der sechzig Stunden die Woche arbeitete und für unterbezahlte Akademiker*innen wenig Verständnis hatte.

»Im Herbst leite ich einen Schreibworkshop für Jugendliche.«

»Du kannst auch zu mir in die Firma kommen.« Beim Essen wippte sein grauer Pferdeschwanz auf und ab. Er provozierte Alex gerne. Sie fühlte sich extrem müde. »Aber für eine Frau wie dich sind da vielleicht ein bisschen zu viele Männer.«

Alex zuckte zusammen. *Für eine Frau wie dich.*

»Du findest schon was«, sagte die Mutter. »Und sonst kannst du ja immer zu uns kommen.«

»Deiner Mutter ist langweilig. Sie hat schon wieder angefangen, jedes einzelne Blatt von der Terrasse aufzusammeln«, sagte Günther und zwinkerte der Mutter zu, die ihm in gespielter Empörung auf den Unterarm schlug. Er war empathisch genug, um der Mutter das zu geben, wonach sie sich vielleicht insgeheim am meisten sehnte: Kontra.

»Danke, ich komme klar«, sagte Alex.

Die beiden sprachen wieder über den Pool. Offenbar wollten sie sich einen Reinigungsroboter anschaffen.

»Alex?«

Sie sah auf. »Hm?«

»Du hast ein paar graue Haare bekommen. Da«, die Mutter deutete auf ihre eigene Schläfe. »Wenn du willst, kannst du meine Tönung benutzen.«

Alex blickte auf ihre Gabel und nahm einen großen Bissen. Sie sollte sich wirklich endlich eine Anti-Falten-Creme für ihre Hände kaufen.

In der Mitte ihres Tellers sammelte sich das Fett.

Nach dem Essen lag Alex mit ihrem Handy im Dunkeln. Draußen schien der Neumond. Im zweiten Teil des Podcasts, den sie auf ihrem Spaziergang begonnen hatte, zählte die Moderatorin weitere Autorinnen auf, die ihre Mütter gehasst hatten. Susan Sontag, deren alkoholkranke Mutter ihr als Kind Gläser mit Blut verabreicht hatte, verabscheute Massagen, weil diese sie an das »pig of pleasure« erinnerten: ihre Mutter Mildred. Mary Coates Highsmith erzählte gerne, dass sie versucht hatte, ihre Tochter Patricia mit Terpentin abzutreiben, und gab sich Journalisten gegenüber als ihr berühmtes Kind aus. *Could I possibly be in love with my own mother?*, schrieb Patricia Highsmith in ihr Tagebuch, als sie zwanzig Jahre alt war. Alex föhnte sich so lange den Bauch, bis die Haut anfing zu jucken.

* * *

Schreib den Namen deiner Mutter

Ich habe einen alten Namen, und ich sage dir, was ich nicht bin. Ich bin nicht missbraucht worden. Niemand hat mich geschlagen.
Drei meiner zwei existenziellen Erkenntnisse als Kind erlangte ich in der Wäscherei meines Vaters. »Falls es einen Gott gibt, warum bin ich dann hier?« und »Ich bin ich und ich schrumpfe und der Raum um mich herum ist unendlich.«
Die Wäscherei hatte mein Großvater bald nach dem Krieg aufgemacht und in den Sechzigern seinen Söhnen übergeben. Nach nur einem Jahr erhängte
sich mein Onkel. Papa fand ihn, als er morgens das Geschäft aufsperrte, die umgekippten Waschmittelkartons unter ihm und Berge glitzernden Pulvers wie von einer Explosion. Doch niemand hatte Zeit für die Leiden der Vergangenheit. Es waren die frühen Siebziger, und man wollte endlich wieder Spaß haben. Papa jagte uns im Werwolf-Kostüm durch die Straßen unseres Viertels, bevor er uns auf den Schoß nahm und seine Bierflasche mit den Schneidezähnen öffnete. Er zeichnete uns mit Engelsflügeln und Turbanen und brachte mir auf dem zugefrorenen Fluss bei, rückwärts Schlittschuh zu laufen.
1974 wurde einer von hier Fußballweltmeister, und der Autokorso fuhr über die alte Brücke bis auf die »Gönne Kant«, die falsche Rheinseite, und zurück.

»Der ist genauso alt wie ich«, sagte Papa. Er hörte auf, mit uns zu spielen, und blieb am Abend immer länger weg.
Mama hat selten gekocht. Sie zählte sogar die Dosenravioli ab. Wenn auch die aus waren, gab es in Milch eingeweichten Zwieback, mit Zucker bestreut. Meine jüngere Schwester Petra bekam immer mehr als ich. Mama strickte ihr Mützen und tanzte mit ihr zu Udo Jürgens, das Haar voller Lockenwickler. Meinem Papa warf sie vor, dass er zu viel trank und das Waschbecken immer noch nicht repariert hatte. »Du hast mehr Glück als Verstand!«, sagte sie immer zu ihm. Die schönsten Tage waren die, an denen Papa doch irgendwie zu Geld gekommen war und Essen mit nach Hause brachte, dampfende Grillhähnchen, denen wir mit den Zähnen die Haut abzogen, große Stücke Grillaschtorte. Danach war uns schlecht, aber das war es wert. Nachdem er gegangen war, gab es nie mehr Hähnchen, Mama verbot es uns.
Papa haben sie geholt, als wir ihn ausnahmsweise das Wochenende über besuchten. Meine Geschwister schliefen noch. Ich saß als Einzige mit am Küchentisch und sah hinunter auf die Kopfweiden, die seit kurzer Zeit in voller Blüte standen. Papa rauchte einen Zigarillo und las die Zeitung. Der Wasserkessel pfiff. Ich hätte für immer dort sitzen können. Doch ich schaffte es nicht einmal mehr, die Zitronenscheibe auf dem Grund seiner Tasse mit heißem Wasser zu übergießen, als es klingelte und die Schritte schwerer Stiefel auf Teppichboden zu mir in die Küche drangen. Er sollte die Kirschblüte in diesem Jahr nicht miterleben. Ich glaube, dass meine Mutter

Papa dafür angezeigt hat, dass er keinen Unterhalt zahlte. Sie wusste, dass die Behörden daraufhin die Finanzen der Wäscherei unter die Lupe nehmen und ihm auf die Schliche kommen würden. Mama hat Rache geübt.

Am vierten Tag

Am Morgen fühlte Alex sich leichter. Sie war durstig. Das Medikament hatte einen bitteren Beigeschmack in ihrem Mund hinterlassen. Ihr T-Shirt war nass geschwitzt. Später holte sie sich eines der Hollandräder aus der Garage, der schwarze Lack glänzte, als wäre er am Morgen erst poliert worden. Auf der Landstraße wurde sie von mehreren Traktoren überholt. Der Geruch nach Fäkalien, der ihr seit der Kläranlage nachhing, wurde zuerst von dem von Kuhfladen und schließlich von den künstlichen Aromen der Weingummifabrik abgelöst. Alex fuhr freihändig um die letzte Kurve, bevor der Deich auslief und sie auf die Bundesstraße einbog. Als sie das goldgelbe M sah, beschleunigte sie.

Sie bestellte einen kleinen Kaffee und eine Apfeltasche und setzte sich auf eine Bank neben der Kinderrutsche. Es war ein sonniger Tag. T-Shirt-Wetter. Der Kaffee war stark und gut. Im Alter zwischen zwölf und vierzehn Jahren, bevor sie angefangen hatte zu kiffen, zu rauchen und Sex zu haben, hatte Alex fast jeden Nachmittag hier verbracht. Statt nach Schulschluss heimzugehen, aß sie Pommes und Eis vom Ein-Euro-Menü und schrieb auf einem karierten Collegeblock kleine Texte über das Universum oder Briefe an ihre Klassenkameradinnen. In der achten Klasse verabredete sie sich mit einer Freundin zum Cheeseburger-Wettessen. Während sie auf die dritte Runde Burger warteten, fragte diese Freundin, ob es eine gute Idee wäre, wenn Alex sich beim Sportunterricht mit den anderen Mädchen zusammen umzog. »Vielleicht macht dich das ja an.« Das Wettessen hatte Alex haushoch gewonnen.

Vor dem Anstieg zur Brücke nahm sie Anlauf. Frank Ocean feuerte sie durch die AirPods an, »I'm about to drive in the ocean/I'ma try to swim from somethin' bigger than me«, der Wind blies immer stärker, und auf halbem Weg musste Alex doch absteigen und das Rad schieben. Als sie oben angekommen war, machte sie ein Selfie und schickte es ihrem Schulfreund Wassil, der ebenfalls gerade ein paar Wochen bei seiner Mutter zu Besuch war. Im Hintergrund zog das Containerschiff *Ever Golden* eine lange Linie weißen Fahrwassers hinter sich her. Die Brückenpfeiler und -träger waren wie immer ausgeblichen, obwohl sie einmal im Jahr gestrichen wurden. Es roch nach Wasser, das weder besonders schmutzig noch besonders sauber war.

Geil. Ich hab gerade gegen meinen zwölfjährigen Cousin aus Moskau im Online-Schach verloren. Wie geht es dir?

Alex freute sich über seine prompte Antwort. In den letzten Wochen hatte sie das Gefühl gehabt, dass ihre Friends in Berlin ihr nach und nach abhandengekommen waren. So unbeschwert Alex auch zu wirken versuchte, sie schienen zu spüren, dass ihr das Leid anhaftete wie ein schlechter Geruch. Je seltener sie Alex danach fragten, wie es ihr ging, desto mehr zog sie sich zurück. Mit Wassil war es anders: Sie kannten sich so lange, hatten so viel miteinander durchgemacht, dass sie selten befürchtete, ihm zu viel zu sein. Und so war ihr der Kontakt zu ihm immer wichtiger geworden.

Im Freibad war Alex fast allein. Sie kaufte sich einen weiteren Kaffee am Kiosk, weil das hier alle so machten, Tasse um Tasse in sich reinschütten, ohne jemals ein Glas Wasser zu trinken. Sie breitete das Badetuch auf dem Klinker aus, setzte sich und zog sich die Kapuze ihres Windbreakers ins Gesicht. Hinter dem Sprungturm sah sie die Dächer der psychiatrischen Klinik, in der Oma Kriemhild vor vielen Jahren ein paar Monate verbracht hatte.

Alex griff zu ihrem Buch und zündete sich eine Zigarette an, obwohl sie wusste, dass ihr schlecht davon werden würde. Tabak rauchte sie selten, nur wenn sie sich fühlen wollte wie ein starker, einsamer Mann, ein Cowboy oder Holzfäller. Das Buch, das sie eingepackt hatte, handelte von einer Frau, die sich auf eine Expedition in die Antarktis begab, um über ihre Mutter nachzudenken: *Mothers, icebergs – I was sure I could write a book about those things.* Das Buch brachte Alex zum Lachen. Die Autorin, Jenny Diski, die im Teenageralter mit ihrer Mutter brach und von einer berühmteren Autorin, Doris Lessing, unter die Fittiche genommen wurde, hatte sich in ihrem ganzen Schreiben an ihren Mommy Issues abgearbeitet, ohne sich oder andere zu schonen. »Die Mittelmäßigkeit der Literatur hat wirklich etwas mit Gemütlichkeit zu tun«, sagte Diski in einem Interview.

Seitdem Alex an ihrem Essay schrieb, wuchs in ihr das Gefühl, noch nie über etwas derart Herausforderndes geschrieben zu haben. Sie wünschte sich, dass sie das Ungemütliche daran umarmen könnte wie ein trotziges Kind, das eine Umarmung erst widerwillig empfing und dann weich wurde in der Berührung.

Alex streckte einen Fuß ins Wasser, kniete sich nieder und benetzte Hals und Handgelenke. Dann stellte sie sich auf den Startblock und sprang in einer eleganten Linie hinab. Mit kräftigen Kraulbewegungen schwamm sie ans andere Ende des Beckens, drehte sich unter Wasser und schwamm zurück. Sie hatte ihre Schwimmbrille vergessen. Als sie doch einmal die Augen öffnete, sah Alex einen Tampon, der über dem Beckenboden schwebte wie ein träger Tiefseefisch. Nebenan kletterte ein Kind den Zehnmeterturm hoch, rannte die Länge des Bretts entlang und sprang, als hätte es Angst, es sich sonst anders zu überlegen.

»Mama, ich hab's geschafft«, rief das Kind außer Atem, als es wieder auftauchte.

Am Rande des Beckens stand eine klatschende Frau, ein pinkes Badetuch um die Hüften gewickelt. Für einen Moment hatte Alex das Gefühl, dass doch noch alles gut werden könnte.

* * *

Die Sonne fiel auf die Hochwasserschutzwand. Die Kräne am Containerhafen hatten ihr Tagwerk vollbracht, eine Mauer aus rostroten Blöcken vor sich gestapelt. So aufgeräumt, wie Alex sich fühlte, schien es ihr eine gute Idee, die Mutter anzurufen.

»Ja?«, antwortete die Mutter knapp.

»Bist du noch auf der Arbeit?«

»Gerade nach Hause gekommen.«

»Gut. Hast du Lust, mit zu Wolfgangs Ausstellung zu kommen?«

»Ich muss noch zu Aldi und danach Omas neue Gehhilfe abholen. Eigentlich wollte Petra das machen, aber die ist spontan zu einer Schamanin gefahren.«

Alex ärgerte sich über ihre Enttäuschung.

Durch die große Einkaufsstraße wehte der Wind vom Fluss her. Die meisten Ladenlokale standen leer. Die Bücherei, aus der Alex als Vierzehnjährige vergeblich versucht hatte, Anaïs Nins Tagebücher auszuleihen, war noch offen. Daneben ein Ein-Euro-Shop und ein Geschäft für Haustierbedarf. Alex hatte schon oft darüber nachgedacht, was diese Innenstadt so deprimierend machte. Die immer gleichen Ladenketten gab es schließlich auch anderswo. Es musste etwas mit den Menschen hier zu tun haben. Mit ihren abgezirkelten Tages- und Wochenabläufen, die sie nur am Samstagnachmittag hierherführten, vor dem Beginn der Sportschau, um den öffentlichen Raum dann gelangweilten Jugendlichen und Lieferfahrzeugen zu überlassen. Mit der greifbaren Abwesenheit von Sehnsucht, die die Menschen lethargisch machte und selbst Frustration keinen Raum ließ.

Das Museum, in dem Wolfgang ausstellte, war ein klassizistischer Bau auf einem Hügel im Stadtpark. Von dem Kurhaus, das es früher einmal war, zeugten noch Wandelhalle, Gartenpavillons und Brunnen. Heidi Klum war mal hier gewesen und hatte dem Freundeskreis des Hauses zusammen mit Navid Kermani rheinische Gedichte von Heinrich Heine vorgelesen: »Denk ich an Deutschland in der Nacht, Dann bin ich um den Schlaf gebracht.« Entlang der Sichtachse sah Alex bis zum Fluss.

Es war das erste Mal, dass Wolfgangs Sammlung in einer Einzelausstellung gewürdigt wurde. Alex' alter Deutschlehrer sammelte seit Jahrzehnten Keramik und hatte es auf einen beachtlichen Bestand mit Fokus auf Bauhaus und die Zwischenkriegszeit gebracht. Alex hatte schon von fast allen Objekten Fotos gesehen. Doch die Größe der Originale überraschte sie. Eine dreiköpfige Pinguinfamilie, von der sie gedacht hatte, dass sie in ihre Handfläche passte, war in Wahrheit so groß wie ein ausgewachsener Gartenzwerg. Neu waren ihr auch die Objekte von Ewald Mataré: bronzene Rinder, die irgendwie traurig wirkten. Mataré, der ein Lehrer von Beuys gewesen war und den französischen Kubismus studiert hatte, wohnte später lange in der niederrheinischen Provinz. *Er wollte die Kuh in ihrer Wesenhaftigkeit erfassen,* las Alex auf einer Infotafel, machte ein Foto von einer liegenden Kuh und postete es in ihrer Story. *Is there anything more instagrammable als Keramik?*

Im Garten war die Party bereits in vollem Gang. Wolfgang, graue Locken, Schnurrbart und buntes Hemd mit Vogelprint, beendete gerade eine Anekdote: »Und dann sagte ich ihm: Du isst an einem Sonntag nicht, was ich an einem Freitag esse.«

Gelächter in der kleinen Gruppe. Als sie näher kam, erkannte Alex ihren alten Geschichtslehrer Thorsten und Lena, die Kunstlehrerin, die einmal Malerei studiert und dann als Quereinsteigerin an ihr Gymnasium gekommen war. Kurz dachte sie darüber nach, kehrtzumachen, ohne irgendwem Hallo zu sagen.

»Alex! Das ist ja mal hoher Besuch«, rief Wolfgang.

Er wirkte seit ihrer letzten Begegnung nicht gealtert, sondern jünger, schlanker und agiler.

»Na ja.«

Sie zögerten kurz, lächelten und umarmten sich. Sie hatten sich seit mehr als zehn Jahren nicht gesehen. Alex winkte in die Runde, bevor Wolfgang und Thorsten losgingen, um weitere Getränke zu holen.

»Wie geht's dir?«, fragte Lena. Vor ihr auf dem Stehtisch standen mehrere leere Sektgläser. Lena jedoch wirkte völlig klar, groß und kerzengerade. Sie war ungeschminkt und trug ihre lockigen Haare offen in einem ausgewachsenen Vokuhila, dazu eine Jeans mit leichtem Schlag und ein weißes T-Shirt. Klamotten, die sie auch schon vor fünfzehn Jahren getragen hatte. Lena war die perfekte Mischung aus hip und vom Zeitgeist unberührt. Sie ist so schön, dachte Alex.

»Orpheus ist letzte Woche gestorben.« Lenas Augen, die Alex auf ihrer Abifahrt nach Paris als einen »Spielautomaten voller grünbraungelber Walzen, an den du dein Herz verlierst« beschrieben hatte, waren heute hell wie Baileys.

»Oh, das tut mir leid«, sagte Alex. »Aber er war schon alt, oder?« Als sie Lenas Kater das letzte Mal gesehen hatte, hatte er ihr den Oberschenkel blutig gekratzt. Alex hatte das Tier nie gemocht.

»Schon. Aber am Ende hat er gelitten.« Zwischen Lenas Brauen zeichnete sich eine Zornesfalte ab. »Was machst du hier?«, fragte sie.

»Mein Großvater ist gestorben.«

»Mein Beileid. Standest du ihm nah?«

»Nein. Ich finde nicht, dass er ein guter Mensch war.«

»Hm.« Lena blickte sie zum ersten Mal geradeheraus an, Alex erschauderte. »Aber wer kann das schon von sich behaupten?«

Es hatte in Alex' erstem Sommer in der Oberstufe angefangen. Nach der Premiere ihrer Schultheateraufführung der *Nibelungen* kam Lena auf sie zu. Alex hatte den Hagen gespielt, im langen Mantel und mit kurz rasierten Haaren.

»Du warst nicht Mann, nicht Frau«, sagte Lena damals. »Woher nimmst du das?« Sie trug eine Bikerjacke und hatte feuchte Augen. Alex hatte sich so sehr gesehen gefühlt, dass ihr die Luft wegblieb.

Mit Alex' achtzehntem Geburtstag begannen die Geschenke. Mixtapes mit Indie-Musik, Suhrkamp-Bücher. Lena kaufte Arthouse-DVDs und abonnierte überregionale Zeitungen. Abends schauten sie Hitchcock, morgens fuhren sie gemeinsam zur Schule. Als ein Kollege, der ein Kind mit seiner ehemaligen Musikschülerin hatte, ihnen gratulierte, hatte Lena nur gelacht. Sie war immer zu sensibel gewesen. Aber Schüler*innen waren wie Hunde, sie spürten jede Schwäche. Als Lehrerin brauchte man eine Schutzausrüstung. Eine Persona, die man anzog, bevor man das Klassenzimmer betrat. Lena aber malte Wälder in Neonfarben, Übergangslandschaften mit grellem Herbstlaub. Sie sagte, dass sie sich eigentlich auf nichts anderes konzentrieren könne als auf den Wechsel der Jahreszeiten. Dass es ihr als Beschäftigung ganz und gar ausreiche, mit dem steten Wandel da draußen mitzuhalten. Sie hatte Alex oft von ihren Schlafproblemen erzählt. Davon, wie sie nachts im Badezimmer nach Beruhigung suchte. Mit offenem Mund unter der Dusche stand oder bis in den Morgen langatmige Radiosendungen hörte. Sich den Oberkörper föhnte, bis sie warm und schläfrig wurde. Dann verschloss sie ihre Ohren mit Wachs und schlief mit einem T-Shirt über dem Gesicht ein. Als müsste sie sich rüsten vor den Anrufungen der Loreley, dem Sog der Wellen.

»Behalte immer deinen Alkoholkonsum im Auge«, hatte sie Alex einmal gesagt, als sie an einem frühen Herbsttag in Lenas Vorgarten saßen und von Wein zu Wodka wechselten. »Dann wirst du etwas Großes schaffen.«

Lena hatte ihr das Gefühl gegeben, die Stärkere zu sein. Es war nie mehr zwischen ihnen passiert als eine Umarmung.

Die Männer kamen zurück und vertrieben die Schwere.

»Weißwein?«, fragte Lena Wolfgang überrascht und nahm ein Glas aus seiner Hand.

»Ich trinke immer nur Weißwein«, antwortete er. »Du wirst in deinem ganzen Leben keinen konsistenteren Menschen als mich treffen.«

Diesmal lachte auch Alex, obwohl sie den Witz nicht verstand.

»Aber im Ernst: Auf den Ruhestand und darauf, dass wir Besuch aus der Hauptstadt haben.«

Die Gläser fingen die sinkende Sonne ein. Alex stellte ihres ab, ohne getrunken zu haben. »Ich muss los, ich hab kein Fahrradlicht dabei.«

Dann ging sie den grünen Hügel hinab. Wieder hatte sie einen Tag überstanden.

* * *

Schreib den Namen deiner Mutter

Müsste ich den Namen meiner Mutter beschreiben, wäre er eine Schlammfarbe, so ein Farbton, der meistens unerträglich ist und irgendwann dann doch genau zum Licht und der Umgebung und der Augenfarbe des Gegenübers passt. In guten Momenten wäre der Name meiner Mutter ein guilty pleasure, eine Liebeskomödie wie »E-Mail für dich« oder ein Film über das Leben von renitenten französischen Hausfrauen in den Fünfzigern. Der Name meiner Mutter wäre die Zahl acht, weil das ihre Lieblingszahl ist und weil aus der Symbolik des Unendlichkeitszeichens ein störrischer Optimismus spricht. Als Essen wäre der Name meiner Mutter gut gemeint und nahrhaft, aber lieblos, ein Gericht, das eine gestresste Person aus einem ayurvedischen Kochbuch übernimmt, aber zu salzen vergisst. Das Land, das dem Namen meiner Mutter entspricht, wäre Belgien: ein flaches Land, das man auf der Durchreise nach Frankreich oder in die Niederlande achtlos kreuzt, das aber bei näherem Hinsehen überraschende Eigenschaften bereithält: modernistische Architektur, eine brutale Kolonialgeschichte, Comic-Klassiker. Du denkst nie daran, und dann siehst du auf einmal überall Belgien. Aber wann fährt man schon durch Belgien?

Am fünften Tag

Sie tranken Kakao. Draußen regnete es. Dünne Federbetten auf jedem Balkon. Die Mutter hatte bereits gestaubsaugt, gewischt und den Müll rausgebracht.

»Gibt es was Neues von Opas Haus?«, fragte Alex.

Opa Kurt hatte nach seiner Entlassung aus dem Gefängnis bis zu seinem Tod mit einer Reihe von Tieren in einem Pavillon hinter der holländischen Grenze gelebt. Alex erinnerte sich an den Geruch von vergorenen Kirschen und dem Öl, mit dem der verpachtete Flachbau geheizt wurde, der zum Grundstück gehörte.

»Nein. Ich muss mich mal wieder um alles kümmern. Petra ruft immer nur an, um zu fragen, wann sie das Geld bekommt.«

Die Mutter gehörte zu den Personen, die sich ungefragt Verantwortung aufluden und sich dann darüber ärgerten, dass es ihnen niemand dankte.

»Was wäre, wenn du es einfach nicht machst?«

»Dann müssten wir das Erbe ausschlagen, aber es sind ja auch noch persönliche Sachen im Haus.«

»Was denn für Sachen?« Alex dachte an die Pornos, die sie einmal beim Spielen in Opas Wandschrank gefunden und fallen gelassen hatte, als könnte sie sich daran verbrennen.

»Ich bin noch nicht dazu gekommen auszumisten.«

»Okay.«

»Ich hatte schon einen Käufer. Aber der ist einfach nicht aufgetaucht. Wer macht denn so was?«

»Vielleicht jemand, der aus religiösen Gründen Alkohol ablehnt?«

Die Mutter reagierte nicht auf ihren schlechten Witz.

Als Alex gerade eingeschult worden war, waren Fritzi und sie ein ganzes Wochenende allein bei Opa Kurt gewesen. Am Samstagvormittag hatte er noch Pfannkuchen gemacht und war mit ihnen in die nächstgelegene Stadt zum Eisessen gefahren. Nachmittags kam seine damalige Freundin mit Flaschen klarer Flüssigkeit unterm Arm zu Besuch. Opa Kurt hatte seine Enkelinnen vor den Fernseher gesetzt, auf dem Wiederholungen von *Friends* auf Niederländisch liefen, während er selbst auf der Terrasse saß und Tasse um Tasse scharf riechenden Schwarztee trank. Als Opa und seine Freundin sich in die obere Etage zurückzogen, tranken Fritzi und Alex die Reste aus und jagten eine der Ziegen durch den Garten, bis sie in den Pool fiel und erst gerettet werden konnte, als Opa Kurt mit hochrotem Kopf und nacktem Oberkörper im Garten erschien. Die Mutter holte sie noch am selben Abend ab, und Fritzi und sie waren nie wieder allein zu Besuch in diesem Haus voller Abenteuer. Als Alex acht oder neun war, fuhren sie überhaupt nicht mehr zu Opa Kurt, ohne dass sie wusste, warum. Die Mutter hatte ihn weiterhin mindestens einmal die Woche gesehen.

»Bist du sicher, dass du nicht mitkommen willst?«, fragte die Mutter jetzt. Sie wollte vor dem Mittagessen noch eine Einheit am Schießstand absolvieren. Als aktive Sportschützin hatte sie es immer bedauert, dass keine ihrer Töchter in ihre Fußstapfen getreten war.

»Ganz sicher«, sagte Alex.

Sie wusste nicht, wie es der Mutter mit dem Tod ihres Vaters eigentlich ging. Als ihr Opa Frau und Kinder verlassen hatte, war die Mutter gerade einmal dreizehn. Sie hatte ein Zimmer unterm Dach, in dem sie lernte und sich eine geregelte Zukunft ausmalte. Ein Haus, Urlaube. In der Schule ragte sie heraus. Sie war stadtbekannt für ihre Schönheit. Auch Opa Kurt sah gut aus, doch abgesehen davon hätten er und die Mutter unterschiedlicher nicht sein können. Als die Mutter Abitur machte – als Erste in der Familie –, kaufte Kurt sich ein Wohnmobil, auf dem Flammen auf tarnfarbenem Lack prangten, und fuhr mit seiner neuen Freundin für unbestimmte Zeit auf eine griechische Insel. Als die Mutter von zu Hause auszog und ihre Ausbildung begann, vermittelte er ihr eine heruntergekommene Wohnung mit schwarzem Schimmel an der Decke. Die erste Hochzeit der Mutter vergaß er, und bei ihrer zweiten Hochzeit stieg er in einem weißen Anzug auf den Tisch und sang *Männer sind Schweine.* Er kam ins Gefängnis, sie wurde Polizistin.

Von außen betrachtet war der Mutter der gesellschaftliche Aufstieg gelungen. Sie wohnte in einer Villa mit Pool, sie besaß ein neues Wohnmobil, das Zehntausende Euro gekostet hatte. Doch während Opa Kurt, bei all seinen Fehlern, versucht hatte, einen authentischen Weg zu finden, fragte sich Alex, ob die Mutter ihre Lebensentscheidungen bereute.

Doch sie war eine emotionsabweisende Oberfläche, wie die Fensterscheiben, an denen jetzt die Regentropfen abperlten. Ein Aufblitzen von Trauer zeigte sie nur, als sie Alex seinen Körper im Beerdigungsinstitut beschrieben hatte: »Ich habe ihn gewaschen. Er hatte kein Gramm Fett am Körper. Er wollte in seiner Jogginghose verbrannt werden.«

Alex fragte sich, wie die Mutter den väterlichen Körper berührt hatte, ob sie ihm über die Wange gestrichen und seine Stirn geküsst hatte. Ob er nackt war, wie die Mutter in ihrem Traum vor ein paar Tagen. Was würde Alex eines Tages tun, wenn sie womöglich in demselben Beerdigungsinstitut stand?

Alex sagte, sie müsse telefonieren, und lief in den Wald. Es roch nach feuchtem Humus und Pferdeäpfeln. Auf einer Koppel am Rand einer Lichtung stand ein einzelnes Pferd und starrte geradeaus in die Bäume. Alex schlüpfte unter dem Elektrozaun hindurch. Als sie vor dem Tier stand, merkte sie, dass es in ihrem Bauch rumorte. Zu viel Kaffee, zu viel Kuhmilch. Statt umzukehren, rief sie Jenny an.

»Ich hab mir Gedanken über Marketingstrategien gemacht«, sagte Alex. »Um mein Buch doch noch zu verkaufen.«

»Ja?«, fragte Jenny.

»Ich könnte mich von der katholischen Kirche verdammen lassen. Oder eine Affäre mit einem lesbischen Star anfangen. Anne Will vielleicht?«

»Ist die nicht mit Helene Hegemann zusammen?«

»Umso besser! Lass uns ein Deepfake mit Anne Will machen.«

Bei Jenny im Hintergrund klang es nach Action. Nach Autos, Mopeds, Großstadt. Wohin war sie unterwegs, welche Menschen würde sie treffen, welche Orte sehen?

»Hast du mit deiner Mutter über früher geredet?«, fragte Jenny.

»Nicht wirklich. Ich weiß nicht, ob man überhaupt mit ihr reden kann.«

»Meine Therapeutin hat mir letztens empfohlen, mir nach jedem Treffen mit meinem Vater vorzustellen, was mir helfen würde. Zum Beispiel wollte ich neulich meinen Kopf auf seiner Schulter ablegen. Aber das gibt unser Verhältnis gar nicht her. Also habe ich es mir vorgestellt: Ich lehne den Kopf an seine Schulter, er streichelt mir durchs Haar.«

»Okay …?«

»Versuch das doch auch mal!«

»Okay.«

»Es ist ganz natürlich, dass du eine große Sehnsucht nach deiner Mutter hast.«

* * *

Als Alex bei Wolfgang klingelte, brach für einen Moment die Wolkendecke auf. Diesmal trug er ein dezentes Button-down, umarmte sie umstandslos und winkte sie herein.

Während Wolfgang an seinem Kaffeevollautomaten herumdrückte, sah Alex sich um. Im angrenzenden Arbeitszimmer lagen Bücherstapel vor deckenhohen Regalen. In der Küche standen einzelne Vasen und Tassen auf Schränken und Podesten. Sie trat näher an eine bauchige, gelb glasierte Vase.

»Die ist von Eva Zeisel«, sagte Wolfgang und reichte ihr einen Kaffee. »Milch oder Zucker?«

»Schwarz. Aber kann ich ein Glas Wasser haben?«

»Klar! Aber ich hab nur Kranenberger.«

»Macht nichts.«

Sie setzten sich an den runden Tisch, der mit Laptop, Taschenrechner und Notizbüchern beladen am Fenster stand.

Am Ende des Gartens sah Alex jemanden mit einem Gartenschlauch die Buchsbaumhecke wässern.

»Das ist mein Mann«, sagte Wolfgang. »Er ist introvertiert.« Er reichte ihr ein Glas, das sie in einem Zug leerte. »Entschuldige das Chaos. Ich digitalisiere gerade meine Sammlung. Schau mal.« Wolfgang klappte das MacBook auf und drehte es in ihre Richtung. »Das habe ich alles dem Museum vermacht.« Er tippte etwas in die Suchleiste. Auf dem Screen erschienen zwei Dutzend Objekte: Tabletts und Kaffeekannen, eine konstruktivistische Zuckerdose, ein windschnittiges Milchkännchen. Sonnige Gelbtöne dominierten.

»Das sind die anderen Dinger von Eva Zeisel. Spannende Frau. Ihre Großmutter hatte einen Salon in Budapest und hat Freud einen Mutterkomplex diagnostiziert. Am ersten Tag ihrer Ausbildung haben die Kollegen Eva Zeisel einen riesigen Penis auf die Drehscheibe gestellt. Und später hat sie versucht, Stalin zu töten!«

Alex notierte den Namen der militanten Keramikerin mit dem Vermerk *Hot Freud Summer. Attentat auf Stalin* und ließ das Notizheft aufgeschlagen vor sich liegen.

»Ich wollte auch mal ein Buch schreiben«, sagte Wolfgang und wies auf das Heft. »Aber ich finde, es gibt schon genug Bücher.«

Alex hatte sich ihr Wiedersehen mit Wolfgang oft vorgestellt. Ihr hatte ein rührendes Bild intergenerationaler Zusammenkunft vor Augen gestanden. Er, ihr schwuler Mentor, sie, die junge Lesbe. Sie hatte gehofft, dass er sie verstehen, ihr einen Hinweis geben würde, wie sie zu leben hatte.

»Ich hab mir deine Website angeschaut. Du bist ja ein ganz schöner Trendsetter«, fuhr er fort. Wolfgangs ironischer Ton ließ sie aufhorchen. »Gender und queer.«

Alex schloss das Notizheft. Sie hatte plötzlich das Bedürfnis, sich und ihre Gedanken vor Wolfgang zu schützen. »Ich weiß nicht«, sagte sie ausweichend. »Gerade schreibe ich an einem Essay über meine Mutter. Das ist doch eher das älteste Thema überhaupt.«

»Deine Mutter habe ich nie unterrichtet. Deine Tante Petra schon.«

Alex wartete ab, ob er weiter nachfragen würde.

»Versteh mich nicht falsch, aber manchmal bin ich froh, dass meine Eltern schon tot sind«, sagte er. »Ich hätte vieles sonst nie getan.«

Alex hatte Wolfgang ein paar Jahre nach ihrem Abschluss aus den Augen verloren. In ihrer Schulzeit hatten sie manchmal gemeinsam Ausstellungen besucht, einmal waren sie sogar nach Duisburg in die Oper gefahren, um sich eine Tom-Waits-Adaption des *Fliegenden Holländers* anzusehen. Wolfgang war auf einem Bauernhof in Hessen aufgewachsen, in einer überzeugt protestantischen, aus der DDR geflohenen Familie. In den Sechzigern war er zum Studium nach Braunschweig gezogen, wo er auf dem Stadtwall cruiste. Danach kam er hierher und radelte in das einzige Gymnasium am Platz, um Bauernsöhnen und Beamtentöchtern etwas davon beizubringen, was er für Literatur, also fürs Leben, hielt. Der Garten des Fürsten Pückler, der Witz Heinrich Heines. Wolfgang setzte sich im Schneidersitz aufs Pult und blieb für immer. Alex hatte immer zu ihm aufgesehen. Er war der einzige offen homosexuelle Mensch, den sie hier kannte.

»Meinst du, du hättest nicht schwul leben können, wenn sie nicht so früh gestorben wären?« Sie versuchte, die kurze

Irritation zwischen ihnen zu beseitigen, indem sie an ihre Gemeinsamkeiten anknüpfte. Sie wollte ihn nach Dingen fragen, von denen sie nur andeutungsweise wusste: Wie es für ihn in den Siebzigern und Achtzigern gewesen war. Ob er Anfeindungen erlebt hatte. Ob Freunde von ihm an Aids gestorben waren. Doch wieder erfüllte Wolfgang nicht die Rolle, die sie sich für ihn ausgemalt hatte.

»Ich hätte das sowieso nicht verbergen können«, antwortete er. »Ich hatte immer die schönsten Hemden, ich war als Kulturschwuppe überall bekannt. In einer Großstadt hätte ich nie einen solchen Status gehabt.«

»Du wolltest the only gay in the village sein.«

Er lachte, obwohl Alex sich ziemlich sicher war, dass er ihre Anspielung auf den exaltierten Daffyd aus der Comedy-Serie *Little Britain* nicht kannte.

»Mein großes Glück ist das Vermögen, mich nicht im Leid einzurichten«, sagte er. »Aber wenn dich das alles so interessiert, kann ich dir was zeigen. Dauert auch nicht lange.«

Sie verließen das Haus und gingen zu seinem Carport. Der Garten war voller Spätblüher, zartrosa Herbstanemonen, gelb leuchtende Chrysanthemen. Wolfgang hatte ein volles Leben. Mit seinem dreißig Jahre jüngeren Mann war er gerade zum Wandern auf den Kanaren gewesen. Er verwaltete seine Kunstsammlung, hielt Vorträge zu Fontane und VHS-Kurse für ältere Damen.

»Du musst fester ziehen.« Alex hatte vergeblich versucht, die Beifahrertür zu öffnen. »Das ist ein Oldtimer.« Wolfgangs BMW hatte cremefarbene Ledersitze und Armaturen aus einem Holz, von dem Alex sich nicht sicher war, ob es inzwischen unter Artenschutz stand.

Der Wagen glitt über die Bundesstraße wie eine Verheißung aus einer besseren Zeit.

»Unsere Golden Gate Bridge.« Wolfgang klopfte aufs Lenkrad. »Nur dass der Architekt im Zweiten Weltkrieg noch Hängebrücken für Hitler gebaut hat.«

Zum zweiten Mal heute blickte Alex auf die Brücke. Fünfzig Meter Stahl, an die Alex immer dachte, wenn irgendjemand »Brücke« sagte. Sie standen auf einem mit Gras überwachsenen Parkplatz, neben einer Picknickbank lagen Fast-Food-Abfälle, Kondome und Bierdosen. Auf der Brückenauffahrt machte sich eine Kolonne Lkws auf den Weg nach Aachen oder Maastricht. Das war einmal die längste Hängebrücke Europas gewesen.

Schweigend gingen sie in Richtung Fluss. Das Wasser stand trotz des Regens am Vormittag so tief, dass der Schiffsverkehr größtenteils lahmgelegt war. Alex sah Plastikfässer und rostige Hollandräder neben Flusskrebsskeletten und Schwemmholz auf dem Flussgrund. Ein Stück weiter liefen Spaziergänger und steckten ihre Stative in den nassen Schlick. Ein Paar saß in Campingstühlen neben den aus dem Sand ragenden Überresten eines gesunkenen Schiffs.

»Das sieht man eigentlich nie«, sagte Wolfgang und wies auf das hölzerne Wrack. Das Frachtschiff *Elisabeth,* erklärte er, war 1895 bei einer Dynamitexplosion untergegangen. Im Gegensatz zu seinem Schwesterschiff, der *De Hoop I,* die schon seit ein paar Jahren Ende August auftauchte, hatte es seitdem niemand zu Gesicht bekommen. Doch irgendwann tauchte alles Versunkene wieder auf, dachte Alex. Sie unterdrückte den Impuls, selbst ein Foto zu machen.

»In den Siebzigern war ich hier jede Woche.« Wolfgang fuhr sich durch die grauen Locken. Beim Cruisen hatte er sie alle getroffen: glatt rasierte Geschäftsleute auf der Durchreise, langhaarige Ex-Hippies, muskulöse Arbeiter.

»Es gab Schwule so unterschiedlich wie von hier bis Wladiwostok«, schwärmte Wolfgang. Es war das Zeitalter der Speedos und Lederjacken, der ABBA- und Ton-Steine-Scherben-Hits. Von Disco und Punk. Wolfgang trank Lambrusco und gab dem Sänger von Boney M. einen Blowjob in der Disco in dem Tanzkeller, in dem Oma Kriemhild zehn Jahre zuvor schwache Beine bekommen hatte. Alex dachte an ihr Leben in Berlin. Sie war schüchtern und sober und war damit von der Partyszene ausgeschlossen. Die andere Hälfte ihrer queeren Bekannten hatte sich in eine Häuslichkeit zurückgezogen, die Alex an das Leben hier erinnerte: Heirat, Kinder, Staatsexamen. Sie hatte nicht das Gefühl, Teil einer Community zu sein.

»Hast du denn keine Probleme bekommen?«, fragte sie.

»Doch. Am Elternsprechtag ist einer der Männer, die ich vom Parkplatz kannte, auf dem Absatz umgekehrt, als er mich hinter dem Pult sitzen sah.« Andere Eltern, erzählte er weiter, schrieben Briefe an den Rektor und tuschelten, wenn Wolfgang in die Pizzeria kam.

»Ich hab es mit Humor genommen. Die Märtyrerrolle stand mir nicht.«

Wolfgang grüßte auf dem Rückweg zum Parkplatz gut gelaunt in alle Richtungen und schwärmte vom Wildblütenhonig, den er später bei einem Bekannten abholen würde.

»Irgendwann habe ich doch noch ein paar radikale Dinger gedreht. Aber davon erzähl ich dir ein andermal.« Wolfgang hatte das so bestimmt gesagt, dass Alex nicht nachfragte.

Auf dem Rückweg passierte sie ein Volvo. Am Steuer saß ein attraktiver Mann um die dreißig, den braun gebrannten Arm aus dem Fenster hängend, eine Packung Marlboro Light auf dem Armaturenbrett. Er winkte Wolfgang zu.

* * *

Im Hausflur war es nach dem Regen kühl. Auf ihrem Weg in den Keller war Alex erschöpft auf der Wendeltreppe sitzen geblieben und scrollte jetzt ziellos durch Instagram. Niemand hatte ihr geschrieben, und die Storys ihrer Freund*innen und Bekannten, die gemeinsam am See rumhingen oder auf hippen Kulturevents, machten sie Sekunde für Sekunde trauriger. Als sie aufblickte, sah sie den Nachbarn, der seinen Jack Russel ausführte. Die orangene Schleppleine leuchtete auf der Straße, einer Sackgasse mit großen Einfamilienhäusern und Hollywoodschaukeln in den Gärten. Während sein Hund in den Vorgarten kackte, hielt der Nachbar seinen Blick starr aufs Handy geheftet. Das Display warf Licht auf seinen Dreitagebart und die Tränensäcke unter den Augen. Obwohl er wirkte wie ein Choleriker, tat er Alex nun leid. Nachdem er den Haufen bemerkt hatte, sah er sich verstohlen um und verkürzte die Leine, dann zog er seinen Hund die drei Stufen zum Haus hinauf.

Der Pool im Keller war mit einer Plane abgedeckt. Daneben stapelten sich Bruchstücke von grauen Fliesen und eine verkalkte Pumpe. Alex setzte sich an den Beckenrand. Die Schwimmhalle war ein großer Raum, von dem aus eine Schiebetür auf eine tief liegende Terrasse hinausführte. Die Vorbesitzer hatten den Garten hier bis auf Kellerniveau abgetragen und die Erde am Rande des Grundstücks wieder aufgeschüttet. Wahrscheinlich hatten alle Nachbarn und Freunde dabei geholfen, oberkörperfreie Männer mit gegürtelten Hosen. Wieder stand Alex Frau Reintjes vor Augen. Auch sie musste einmal eine junge Mutter in einer Schürze gewesen sein, mit ihrem Sohn an der Hand ein Tablett voller Schnittchen balancierend. Das war das gute Leben, das damals gerade erst seinen Anfang genommen hatte. Alex nahm ihren Vaporizer in die Hand, drückte fünfmal kurz auf den Knopf und wartete, bis sich das Gerät erhitzt hatte.

Alex kiffte nicht häufiger als einmal in der Woche. Ihre Recherchen hatten ergeben, dass THC keine negative Wechselwirkung mit ihren Medikamenten haben dürfte, und es half ihr, sich anders zu fühlen. Die Droge verschaffte ihr einen Abstand vom denkenden, Worte produzierenden Teil ihres Gehirns.

209 Grad, 210 Grad, 211 Grad.

Das kleine Display leuchtete.

Bei 220 Grad nahm sie einen tiefen Zug und schaute auf ihr Handy.

TEXTE/MÜTTER & TOD, hieß die Notiz.

Zu Hause war sie »die Mutter«, auch der Ehemann nannte sie öfter so als bei ihrem Vornamen. Sie ließ es sich gefallen, das Wort beschrieb das Verhältnis zu ihrem Mann auch besser; er war ihr nie so etwas wie ein Schatz gewesen.
Peter Handke, »Wunschloses Unglück«

but here no no Mom this
is your name I say pointing
to Hồng on the birth certificate thin

as dust Hồng I say which means
rose I place your finger on a flower so
familiar it feels synthetic red
Ocean Vuong, »Time Is a Mother«

Alex fragte sich, ob Jenny vielleicht nicht doch recht hatte. Vielleicht hatte sie wirklich Sehnsucht nach der Mutter. Oder nach einer verlorenen Mütterlichkeit. Einem ozeanischen Gefühl grenzenloser Liebe. Würde diese Sehnsucht mit dem Tod der Mutter ein Ende finden? Oder sich transformieren in ruhige Trauer? Stille Wellen bis zum Horizont?

no no Mom this
is your name

Alex stand auf. Ihr Körper war angenehm leicht. Sie sprang die Stufen hinauf. Oben an der Kellertreppe wartete Rozi und bewachte die Dunkelheit, als hätte die Mutter sie dazu beauftragt.

* * *

Schreib den Namen deiner Mutter

*»[I]t's not just Birkenstocks and high shorts that make German women look like they might be on the lesbo team. There is something about their practicality, their short hair, their general air of capability.«**

* https://www.starobserver.com.au/news/national-news/new-south-wales-news/lesbian-german-christian-or-a-bit-outdoorsy/7476

*Anfang der Nullerjahre kreierte ein anonymer User das Online-Quiz »Lesbian or German Lady?«. Er ließ Nutzer*innen darüber abstimmen, ob ausgewählte Fotos von leicht grimmigen Frauen in Cargo-Shorts eine Lesbe oder eine Deutsche zeigten.*

*Meine Mutter und ich haben kein einziges Mal darüber gesprochen, dass ich lesbisch bin. Ich habe aber schon lange das Gefühl, dass den Frauen in meiner Familie etwas sehr Queeres anhaftet. Dass sie Lesbian and German Lady sein könnten. Meine Großmutter hat ein freizügiges Poster von Marilyn Monroe in ihrem Wohnzimmer hängen und flirtet mit so Sätzen wie »Wenn ich jünger wäre, wäre ich vielleicht was für dich« mit all meinen lesbischen Freund*innen.*

Für die Queerness meiner Mutter spricht nicht nur ihr Style – irgendwo zwischen Skaterboy und Army-Shop –, sondern auch ihre redliche butchy Standhaftigkeit. Ich habe gesehen, wie sie eine Katze aus dem Erdgeschoss eines brennenden Hauses rettete. Ich habe davon gehört, wie sie bei einem Gast in einer Pizzeria das Heimlich-Manöver durchführte. Ich saß neben ihr in einem Café in Amman, als in einiger Entfernung Schüsse fielen und meine Mutter alle Anwesenden mit einer solchen Autorität anwies, die Fenster zu schließen und sich flach auf den Boden zu legen, dass sie Folge leisteten, obwohl ihre Anweisungen nicht auf Englisch und schon gar nicht auf Arabisch, sondern auf Deutsch erfolgten: »Runter! Auf den Boden!«

Ich möchte wirklich keine Aussage darüber treffen, ob sexuelle Identität in der Familie liegt, aber die meisten queeren Personen, die ich kenne, haben keine offen queeren Vorfahren. Außer den sporadischen Urgroßtanten, über die an Familienfesten erzählt wird, dass sie Zeit ihres Lebens rein freundschaftlich mit einer Frau zusammengelebt haben, gibt es niemanden, der ihnen bei ihrem Coming-out, ihrer ersten unglücklichen Liebe oder ihrer Lebensplanung allgemein beistehen könnte. Vielleicht arbeiten wir Queers uns darum umso intensiver an unseren Familien ab. »Alle Queers haben entweder Mommy oder Daddy Issues«, hat eine Freundin von mir neulich gesagt.

Meine Mutter hat definitiv Mommy und Daddy Issues, aber ich glaube, ihre Daddy Issues sind ausgeprägter. Sie hat nie ein schlechtes Wort über ihren Vater verloren, obwohl er all seine Versprechen gebrochen hat und obwohl er mit seinem ganzen Dasein ihrer Sehnsucht nach Ansehen und Ordnung zuwiderlief. Sie hat ihn geliebt wie vielleicht keinen Menschen sonst in ihrem Leben.

Am sechsten Tag

Das Auto roch vertraut nach Kaugummi, Knoblauch und Plastik. Im Radio sprach ein Comedian: »Waren Sie schon mal in Aachen? Nein. Oh, dann müssen Sie ja meinen Bruder kennen, der war auch noch nie da!«

»Ariana kommt doch aus Aachen«, sagte die Mutter. »Wie geht's ihr?«

Alex hatte sich vorgenommen, so lange wie möglich nicht über ihre Trennung zu sprechen. Das Ganze war ihr ein bisschen peinlich: Zum wiederholten Male war nach ziemlich genau zwei Jahren eine ihrer Beziehungen in die Brüche gegangen, kurz bevor es Sommer wurde. Sie hoffte, dass das Ganze kein Spiel war, das sie gegen sich selbst spielte und jedes Mal verlor.

»Ich weiß es nicht, wir haben keinen Kontakt gerade.«

»Schade«, antwortete die Mutter, die Ariana nur ein paarmal auf FaceTime gesehen hatte. »Ich hab dir doch fünfzig Euro für ihren Geburtstag überwiesen. Weißt du, was sie sich davon gekauft hat?«

Alex atmete tief ein. Draußen Gehöfte und von Birnbäumen gesäumte Wege. Sie war überrascht, wie sehr sie diese unspektakuläre Landschaft zu berühren vermochte.

Die Mutter zählte die Geschenke auf, die Ariana ihr in den letzten achtzehn Monaten gemacht hatte. Kein Wort darüber, wie es Alex mit der Trennung ging.

Das Zuknallen der Fahrertür erschreckte Alex so sehr, dass sie ihren Rucksack auf den Kies fallen ließ.

»Das war keine Absicht!«, rief die Mutter und schüttelte den Kopf. »Du bist aber empfindlich.«

Der Parkplatz war fast voll. Außer ihnen stiegen Familien mit Kleinkindern, Rentnerpaare und pensionierte Alleinstehende aus ihren Kombis. Das Wasserschloss lag zwischen Golf- und Campingplatz. *Die Kunst ist in der Krise,* verkündete eine Plakatwand am Eingang.

Wieder hatte die Mutter einen gemeinsamen Ausflug machen wollen. Alex' Idee war es gewesen, gemeinsam in ein Museum zu fahren. Sie hoffte, dass der Ort ihr in die Karten spielen würde. Dass sie sich in der Kunst spiegeln oder in sie flüchten konnte. In eine von Gefühlen geprägte Parallelwelt, in die die Mutter ihr nicht folgen konnte. Die einzige Ausstellung, die sie jemals zusammen besucht hatten, war eine Blockbuster-Show mit französischen Impressionisten gewesen.

Alex lief durch die abgedunkelten Räume und betrachtete Joseph Beuys' Aktzeichnungen. In ihrer Jugend hatte sie sich viel mit Beuys beschäftigt. Sie war davon fasziniert, dass er Andy Warhol getroffen hatte, nachdem er hier, unweit ihres Heimatdorfs, aufgewachsen war. Dass seine erste Ausstellung in dem Ort stattfand, in dem der andere Großvater aufgewachsen und die andere Großmutter verstorben war. Der Künstler war ihr ein Symbol dafür gewesen, was einer von hier alles erreichen konnte.

In einem Raum hingen mehrere verlaufene Tuschezeichnungen.

»Die stellen ja nur Männer aus«, sagte die Mutter etwas

zu laut. Sie, die wegen mangelnder Gleichberechtigung aus der katholischen Kirche ausgetreten war. Die manchmal SPD und manchmal CDU wählte. Die ihre Dienstwaffe in einem Safe einschloss und Racial Profiling richtig fand. Alex fragte sich, ob sie sich doch etwas anderes von dem Ausflug erhofft hatte. Ob sie darauf wartete, dass die Mutter ihr mit weichen Augen eine Reproduktion von dem Beuys-Gedicht in die Hand drücken würde, das in krakeliger Schrift zwischen den Zeichnungen hing.

Beuys, Versuche für Plastik, 1957

D. Leute werden denken
dass wir ich haben Dich
zu lieben. Ich frage
mich ob ich vor habe
dich zu lieben.

Alex ging nach draußen, um durchzuatmen.

»Entschuldigung. Haben Sie Feuer?«, fragte Alex die Frau neben dem Standaschenbecher vor dem Museumseingang.

»Ich habe nur Streichhölzer«, sagte die Frau entschuldigend. Auf dem Päckchen stand die Adresse eines Düsseldorfer Cafés.

Alex schlug ein Streichholz an. Die Flamme erlosch prompt. Die Frau lächelte. Sie war jünger als die Mutter, aber doch einige Jahre älter als Alex. Lockige, braune Haare mit blonden Strähnen, in denen eine große Sonnenbrille steckte. Absatzschuhe, ein taillierter Übergangsmantel. War sie allein hier? Oder mit einer Partnerin? Hatte sie Töchter im Teenageralter, die gerade TikTok-Videos vor Beuys' Luchsmantel machten? Alex versuchte es erneut und scheiterte wieder. Die Frau grinste jetzt breit. Ihre Eckzähne standen ausgeprägt hervor. Ein lesbischer Vampir? Alex senkte den Kopf. »Ich stell mich nicht immer so blöd an.«

Die Frau verschluckte sich am Zigarettenrauch und hustete. Alex mochte dieses Gefühl von Hilfsbedürftigkeit. Sie spürte einen Charme an sich, den sie schon lange nicht mehr hatte ausspielen können. Sie fühlte sich zehn Jahre jünger. Die Frau beugte sich an ihr vorbei zum Aschenbecher. Ihr Parfüm roch nach Moschus und irgendwas Würzigem. Rosen vielleicht.

»Die kannst du behalten.« Die Frau zeigte auf die Streichholzpackung.

»Mir reicht's«, sagte die Mutter und ging gewohnt schnellen Schrittes an Alex vorbei in Richtung Auto. Auf dem Parkplatz stand ein Rollstuhlfahrer.

»Hallo!«, rief der Mann und streckte die Hände aus.

»Kann ich Ihnen helfen?« Die Mutter hatte sich neben ihn auf den Boden gekniet.

»Da!« Der Mann zeigte auf das Schloss.

»Brauchen Sie Hilfe?«, fragte die Mutter.

»Nee, nee!« Der Mann winkte verächtlich ab und fuhr rückwärts von ihnen weg, so schnell, wie es der Kies unter den Reifen zuließ.

Auf dem Rückweg erzählte die Mutter von den Beerdigungsvorbereitungen. Sie hatte einen Tisch in einem Strandrestaurant reserviert, Alex wetterfeste Schuhe gekauft und ausgemacht, wann sie Oma Kriemhild abholen würden.

»Und sonst? Werden wir alle ein paar Worte sagen? Oder Luftballons steigen lassen?«

Die Mutter sah sie erschrocken an. »Denkst du, wir brauchen so was?«

Alex tat ihre Frage sofort leid. Nichts stresste die Mutter mehr, als zu merken, dass sie nicht sorgfältig genug vorbereitet war.

»Wir könnten auch einfach ein paar Fotos von Opa raussuchen«, schlug sie vor, um die Mutter zu beruhigen. »Und die dann mit der Asche ins Meer werfen.«

»Eigentlich dürfen wir überhaupt nichts im Meer verstreuen. Anscheinend machen das so viele, dass schon das holländische Ordnungsamt am Strand patrouilliert.«

Alex unterdrückte ein Lachen. Sie stellte sich Niederländer mit gegelten Haaren vor, die in Trenchcoats den Strand auf und ab liefen und Bollerwagen nach Urnen absuchten. Als ob ein paar Kilo menschliche Überreste den Ozeanen noch schaden konnten.

* * *

Schreib den Namen deiner Mutter

Statt mir das Kochen beizubringen, brachte mir meine
Mutter bei, Kaffee zu kochen. Laut zählte sie einen
gehäuften Teelöffel pro Kaffeetasse ab, dazu »einen extra,
für die Maschine«.
Als ich sie nach dem Extralöffel fragte, antwortete sie:
»Man muss sich immer auf Verluste einstellen.«
Heute glaube ich zu verstehen, was sie meinte.
Meine Mutter platziert jede Tasse auf einer Untertasse und
legt einen Löffel dazu, egal, ob der gebraucht wird oder

nicht. Meine Mutter nutzt ihn, um Zucker aus einer Zuckerdose zu löffeln, die sie alle paar Jahre mit dem gesamten Kaffeeservice austauscht, oder um Kondensmilch aus einem passenden Milchkännchen zu verrühren.
Das erste Service, an das ich mich erinnere, war weiß mit türkisen und grauen Punkten, das zweite hatte einen sonnengelben Rand. Heute ist das Geschirr meiner Mutter bronzefarben und sieht aus wie die Trinkkelche in allen amerikanischen Dating-Shows. Ich trinke meinen Kaffee immer noch aus den gelb umrandeten Tassen.
Bekamen wir früher Besuch, zum Beispiel am Geburtstag meines Stiefvaters, war meine Mutter nicht damit beschäftigt, Mahlzeiten zu kochen oder Kuchen zu backen, sondern damit, mehrfach hintereinander die Gästetoilette zu putzen, kleine Teelichter aufzustellen und Kaffee vorzukochen, den sie in Thermoskannen auf den Biertischen im Garten verteilte, während sie sich am Telefon mit ihrer Schwester vorstellte, wie meine Oma mit ihren bösen Bemerkungen die Festlichkeit stören würde.
Wenn mein Stiefbruder Georg seinen Game Boy auf der Küchenarbeitsplatte ablegte oder die falsche Toilette benutzte, spürte ich die Wut meiner Mutter selbst dann, wenn ich im Garten versuchte, die Goldfische mit meinen Zehenspitzen anzulocken.
»Dein Sohn will immer alles kaputtmachen!«, schrie sie.
»Kannst du ihn nicht einmal in Ruhe lassen?«, erwiderte mein Stiefvater.
Gewöhnlich begann der Streit zwischen den beiden am Vormittag und dauerte an, bis um Punkt 15:30 Uhr

die ersten Gäste eintrafen. Das Türenschlagen und die Schreie verklangen prompt.

Sobald die Gäste da waren, führte meine Mutter Konversation.

»Willkommen«, sagte sie, »wollt ihr eine Tour haben?«

Sie führte die Gäste durchs Erdgeschoss des Reihenhauses, in dem wir damals lebten, und zeigte das Ölbild mit den Sonnenblumen, das die Tante einer Kollegin gemalt hatte. Ihr Ledersofa. Ihren Kaffeevollautomaten, der das Abzählen von Kaffeeportionen und den Extralöffel für die Maschine irgendwann überflüssig gemacht hatte.

»Du machst es dir immer so schön, Ruth.«

Im ersten Stock wartete mein Stiefbruder in seinem Zimmer darauf, dass das Fest vorüber war.

Am siebten Tag

Alex wachte mit Kopfschmerzen auf. Obwohl die Jalousien ganz heruntergelassen waren, hatte sie das Gefühl, dass das Sonnenlicht sich einen Weg durch die Ritzen bahnte.

Sie schrieb Wassil.

GuMo. Wie geht's dir heute?

Müde und vercheckt wie ein Stück Kaugummi, antwortete er. *Sobald ich zu Hause bin, löse ich mich in einen Haufen Materie auf.*

Wish you'd be in my mouth, schrieb sie, *[since it's wet and warm and soft].* Und dann, weil das so anzüglich geklungen hatte: *Haha, sorry. Too much poetry in the morning.*

Er antwortete nicht mehr.

Alex und Wassil kannten sich schon seit der Grundschule. Beim Wichteln in der vierten Klasse hatte er ihr auf einer Star-Wars-Postkarte seine Liebe gestanden, in der sechsten war er mit ihr, Fritzi und der Mutter an den Gardasee gefahren, und in der achten war Wassil der erste Mensch gewesen, den Alex geküsst hatte.

Je weniger Alex es zu Hause aushielt, desto mehr Zeit verbrachte sie bei ihm. Seine Mutter, eine Klavierlehrerin aus Moskau, hatte einen Deutschen geheiratet, sie war Mitte der Neunziger mit Wassil nach Westdeutschland gekommen. Sie wetterte über das minderwertige deutsche Schulsystem und brachte Alex bei, auf Russisch bis zehn zu zählen. Wenn Wassils Stiefvater nicht auf Montage war, betrank er sich mit seinem Sohn aus erster Ehe. Wassil und Alex gaben sich Handjobs in seinem Zimmer unterm Dach und fantasierten davon, Alex' Stiefvater die Reifen aufzuschlitzen. Inzwischen war Wassil geschieden und lebte als Arzt in der Schweiz.

Alex setzte ihre Schlafmaske auf und machte ein Hörbuch an. Harry Potter flog bei einem eisigen Quidditch-Spiel zu einem erneuten Sieg. Als sie wieder einschlief, sah sie den Winter, verwehter Schnee vor Flussauen. Nach dem zweiten Aufwachen waren ihre Kopfschmerzen fast weg. Ohne zu frühstücken oder sich die Zähne zu putzen, setzte sie sich an den Schreibtisch.

Ihr Experiment, bekifft zu schreiben, hatte nicht funktioniert. Weiterhin fehlte ihr der Zugriff, eine Vorstellung davon, worum es ihr in dem Essay eigentlich gehen sollte. Die aus ihrer eigenen Perspektive verfassten Abschnitte hinterließen einen besonders schalen Beigeschmack. Die Mutter als verkappte Lesbe? Als gefühllose Hexe? Alex wollte sie in ihrer Komplexität zu fassen kriegen, anstatt sie als Klischee auszustellen. Sie hasste nichts mehr als überzeichnete Nebenfiguren.

Ihr Handy vibrierte. Alex hoffte, dass es Fritzi war.

Hey du Liebe, wie läuft's?, schrieb Jenny. *Ich hoffe, du und deine Mom kommt euch wieder näher.*

Frustriert warf Alex das Handy auf den Boden. Es schlug gegen die Fußleiste und schlitterte einige Meter über das Parkett. Ihre Wut war verflogen.

* * *

Schreib den Namen deiner Mutter

An dem Tag, an dem ich geboren wurde, ist Édith Piaf gestorben. Ich habe ihre Musik geliebt. Und ihre Sprache. Französisch lag mir, obwohl ich es in der Schule nur zwei Jahre gelernt habe. Danach dann in Sprachkursen und mit Kassetten. Vielleicht war ich deshalb bei den Französischhausaufgaben meiner Kinder etwas streng.

Ich wollte, dass sie genauso gut würden wie ich.

Einmal sind wir gemeinsam nach Paris gefahren. Ich habe meine Töchter losgeschickt, um Dinge im Supermarkt oder beim Bäcker zu besorgen, auf Französisch. Plastikgabeln oder Baguette. Den Jungen nicht, der hätte das in tausend Jahren nicht geschafft. Fritzi, die Jüngere, weinte, sie war schüchtern und traute sich nicht. Es dauerte, bis ich sie überzeugen konnte.

Die Fotos, die meine ältere Tochter damals von den Spiegelungen der Autos und Pfützen in Café-Fenstern gemacht hat, hängen immer noch in meiner Küche.

Am liebsten mag ich das Bild von Piafs Grab auf dem Père Lachaise. Bei ihrer Beerdigung waren hunderttausend Menschen gekommen, manche von ihnen waren auf Bäume geklettert, andere hatten vor lauter Trauer Grabsteine aus der Verankerung gerissen. Eine katholische Messe wurde ihr aufgrund ihres Lebenswandels verwehrt – sie hatte mehrfach geheiratet.

Ich glaube, dass Piafs Geist bei ihrem Tod in die Turmspitze der Sacré-Cœur aufstieg, im Parc de l'Avesnois bei den Weiderindern rastete, den Rhein überquerte und zwischen den Buchenblättern im brennenden Herbstlaub in das Zimmer flog, in dem meine Mutter gerade in den

Wehen lag, zwischen die blutigen Hände der Hebamme mit der schief sitzenden Haube. Nach sechzehn Stunden war es vollbracht. Ich bereue nichts.

Alex löschte den letzten Satz. Dann schrieb sie ihn wieder hin.

Am achten Tag

»Ich war extra beim Friseur«, sagte Oma Kriemhild, klappte die Sonnenblende herunter und betrachtete sich anerkennend im Spiegel. Sie saß auf dem Beifahrersitz, Alex hinten. Günther hatte sich nicht freinehmen können, Petra würde am Abend mit dem Zug nachkommen.

»Ich finde, die kurzen Haare machen mich zehn Jahre jünger.«

»Willst du etwa für deinen toten Ex-Mann gut aussehen?«

»Ja«, antwortete Kriemhild, die offenbar nicht zugehört hatte. »Sieht doch super aus, ne? Du hast wohl keinen Termin mehr bekommen?«

Die Mutter schwieg.

»Du siehst sehr gut aus«, sagte Alex, an ihre Oma gewandt. Und fragte sich sofort, ob sie sich damit vorschnell auf eine Seite geschlagen hatte. »Ich mag deine Haare aber auch«, schob sie rasch in Richtung der Mutter hinterher.

Kriemhild ignorierte sie. »Ich hab mir die Haare diesmal auch färben lassen. Waschen, Schneiden, Färben und Föhnen für fünfundzwanzig Euro!« Sie gab ein begeistertes Quietschen von sich.

Die Mutter umfasste das Lenkrad fester. »Deine Schwester habe ich immer noch nicht erreicht«, sagte sie in Alex' Richtung, als sie in einen weiteren Kreisverkehr einbog. »Sie ist mal wieder abgetaucht.«

»Eine Kollegin ist krank. Und ihre Katze hat eine Blasenentzündung.«

Fritzi arbeitete als Gesamtschullehrerin und Pferdeosteopathin am anderen Ende des Landes. Dass Alex Zeit mit der Mutter verbrachte, verstand ihre Schwester sehr wahrscheinlich als soften Verrat. So sehr sie in der Vergangenheit versucht hatten, die Mutter nicht zwischen sich kommen zu lassen, so sehr sie sich liebten – die Mutter war ein Störelement in ihrer im Grunde stabilen Beziehung, ein schmerzhafter Splitter in ihrer gemeinsamen Achillesferse. Fritzi hatte Gründe für ihre Abkehr. Erinnerungen, die sie vor sich hertrug wie den Mitgliedsausweis zu einem Trauma-Club. Da, wo Alex' Körper robust war, war Fritzi oft krank, geplagt von Gliederschmerzen, Migräne und allergischen Hautreaktionen. Sie hatte ihre Kindheit offenbar schlechter weggesteckt.

Kurz nachdem sie aus dem Haus der Mutter ausgezogen waren, hatte Fritzi mit Verdacht auf eine Hirnhautentzündung ein paar Wochen im Krankenhaus gelegen. Brauntöne und Desinfektionsmittel. Das schmale Gesicht des wachenden Vaters. Der Magnetresonanztomograph mit seinem weißen Lichtkreis. Ein Symbol für das Jenseits. Alex konnte sich an all das nur sehr vage erinnern. Ihre Angst um Fritzi, den einzigen Menschen, mit dem sie ihr ganzes Leben verbracht hatte, hatte diese Episode nahezu aus ihrem Gedächtnis getilgt. Die Mutter hatte Fritzi im Krankenhaus kein einziges Mal besucht.

Obwohl Alex ihre Schwester verstand, ärgerte sie sich darüber, dass man in dieser Familie nicht einfach mal miteinander reden konnte. In diesem Beziehungsmehreck zwischen Großmutter, Mutter und Töchtern schien es nie möglich, mit allen zugleich gut zu stehen. Immer war irgendwer verletzt oder zerstritten. Alle wollten geliebt werden, alle fühlten sich überall und jederzeit ungerecht behandelt. Es war wie an dem Punkt einer romantischen Beziehung, an dem alles zu spät war. Mit dem Unterschied, dass es keinen Ausweg gab.

Alex schaltete die Noise-Cancelling-Funktion ihrer Kopfhörer ein. Die Stimmen der beiden anderen wurden zu Hintergrundrauschen. Sie fuhren auf die fünf Kilometer lange Brücke, die auf die Insel führte. Um sie herum Windräder. Ein Ruck, der alle paar Sekunden durchs Auto ging, sobald sie über die Fugen zwischen den Bodenplatten fuhren. Alex nahm einen Kopfhörer heraus. »Glaubt ihr wirklich, dass Opas Urne da hinten sicher ist?«, fragte sie.

»Ich denke schon«, antwortete die Mutter. »Ich hab sie extra dreimal in Folie verpackt.«

Vor der Abfahrt hatten sie diskutiert, wie sie Opa Kurt verstauen sollten. Die Urne auf einen der freien Sitze zu legen und anzuschnallen erschien ihnen pietätlos. Doch niemand hatte sie auf den Schoß nehmen wollen. Es war, als machte Opa Kurt ihnen in seiner verminderten Form immer noch ein bisschen Angst. Also landete er im Kofferraum.

»Kurt ist stark genug. Der hält das aus«, sagte Kriemhild, holte ein Foto aus ihrer Handtasche und reichte es Alex. »Früher sahen wir so gut aus zusammen.«

Die frisch Vermählten auf einem Motorroller. Kurts Haar mit Pomade nach hinten gekämmt, das verschmitzte Leuchten in seinen Augen. Oma Kriemhild in einem gestreiften Kleid. Ihre Stupsnase, die die Mutter trug, die auch Alex hatte. War Kriemhild damals noch unversehrt? Alex konnte es auf dem Foto nicht erkennen.

»Da war ich dünn!«

»Sehr schön«, sagte Alex.

Sie hatte das Bild schon oft gesehen, so wie die wenigen anderen Fotos, die ihrer Oma von damals geblieben waren. Fotos, die sie vervielfältigte und zu Geburts- und Festtagen an die ganze Verwandtschaft verschickte, zusammen mit Aphorismen wie: *Du bist ein Geschenk für mich.* Alex ließ diese Grüße immer ein paar Tage auf ihrem Schreibtisch stehen, bis sie sie zusammen mit dem restlichen Papiermüll entsorgte.

»Du warst leider noch viel zu klein, um dich zu erinnern, Ruth!«, rief Oma Kriemhild und riss Alex aus den Gedanken.

»Ich war alt genug. Papa wollte immer, dass wir ihn öfter besuchen kommen. Aber du hast es verboten«, erwiderte die Mutter und bog etwas zu scharf in einen Kreisverkehr ein.

»Kurt wollte das doch selber nicht. Ich wäre froh gewesen, wenn ich mal meine Ruhe gehabt hätte.« Kriemhild fächerte sich Luft mit einer Zeitschrift zu, obwohl die Klimaanlage voll aufgedreht war. »Ich hab ihn zweimal im Jahr angerufen. An euren Geburtstagen. Die hätte er nämlich sonst auch noch vergessen.«

Alex steckte sich wieder die Kopfhörer rein und drehte Holes *Live Through This* auf volle Lautstärke: *And the sky was all violent/I want it again, but violent, more violent*

Wir spielen Little Miss Sunshine für Arme, schrieb sie Fritzi. *Lässt du mich wirklich alleine?* Dann, mit langsameren Daumen: *Hast du was von Georg gehört?*

* * *

Sie lief allein über die Promenade. Warmer Wind, fast wie Föhnwind. Es war angenehm leer am frühen Abend. Die

Familien aßen wohl in den Strandrestaurants und Ferienwohnungen. Oma Kriemhild war schon schlafen gegangen, die Mutter holte Petra vom Bahnhof ab.

In einem Souvenirgeschäft blätterte Alex durch eine Auswahl antiquarischer Grußkarten. Schließlich kaufte sie eine mit Schwarz-Weiß-Motiv. Fünf nackte Frauen, die Scham von Sonnenhüten bedeckt. *Besser fünf vor zwölf als keine nach eins,* stand darauf. *Sonnige Grüße von der Nordsee.*

In den Eingängen der Sportbars, die die Straße zum Hotel säumten, standen Spielautomaten. Alex ging in einen kleinen Supermarkt und kaufte Vla, Chocomel und Hagelslag mit Anis-Geschmack. Wahrscheinlich würde sie nichts davon anrühren.

War schön letztens!, schrieb Lena. Auf dem Selfie, das sie mitschickte, flankierten sie und Wolfgang eine dunkelrote Teekanne, aus der ein röhrenartiger Griff ragte.

Haha. Ist das Bauhaus?, antwortete Alex.

Ja! :D Die ist von Theodor Bogler. Nach dem Tod seiner Frau wurde er Mönch.

Ein paar Minuten später vibrierte Alex' Handy erneut.

Bist du eigentlich in einer Beziehung?

Der Teppichboden in Alex' Hotelzimmer sah einigermaßen sauber aus. Sie hatte ihre Badelatschen vergessen. Barfuß stieg sie in die Dusche und drehte das Wasser so heiß wie möglich. Sie nahm die Schutzkappe von einem Einwegrasierer und rasierte sich vom Bauchnabel bis zum Anus. Aus einem kleinen Schnitt auf ihrem Schenkel tropfte das Blut in die Duschwanne. Durch das Oberlicht sah Alex den Horizont. Lachmöwen im trägen Abendflug. Das Bad war voller Dampf. Mit ihrem Handtuch wischte sie den Spiegel trocken. Ihre Haut war rot gefleckt. Sie freute sich über die Muskeln, die sich unter ihrer Bauchdecke abzeichneten. Als das Glas wieder beschlug, malte sie ein Herz darauf. Später saß sie im Bademantel auf dem Hotelbett, ein wasserfleckiges Notizbuch auf dem Schoß.

Alex legte es wieder weg und griff nach einem ihrer alten Tagebücher, einem kleinen Album mit goldenem Schloss. Sie las lange, den Blick konzentriert auf ihrer runden Grundschulschrift. Obwohl sie all ihre Tagebücher in den letzten Wochen mehrfach gelesen hatte, hoffte sie immer noch auf etwas, das sie weiterbringen würde. Etwas, mit dem sie ihr Lebensgeheimnis entschlüsseln könnte, um dann einen geradlinigen Weg einschlagen zu können.

Rausgesucht hatte Alex die alten Tagebücher schon vor ein paar Wochen. *Du bist wie ein schönes Rätsel, das ich nicht mehr lösen will,* hatte Ariana ihr noch in derselben Nacht geschrieben, in der sie Alex in einem anderen Hotelzimmer mit einem Dildo beworfen und schließlich für immer verlassen hatte. *I love you, but I love me more.* Zuvor hatte sie ihr vorgeworfen, beziehungsunfähig zu sein.

Alex konnte nicht aufhören, Arianas Nachricht zu lesen. Als ob sie einen Finger immer wieder in eine Wunde legte, damit sie nicht verheilen konnte.

Sie beneidete Menschen, die so unverfroren theatralisch sein konnten. Die sich nicht fragten, was die Wahrheit einer Beziehung war und was sie sich bloß zurechtgelegt hatten. Die nicht nach Beweisen für Ereignisse suchten, die mehr als ihr halbes Leben zurücklagen. Als sie das Buch mit dem Diddl-Aufdruck zurück in das Innenfach ihres Rucksacks schob, waren ihre Haare fast trocken. Draußen war es inzwischen dunkel.

Vor ein paar Jahren hatte Fritzi sich getraut, die Mutter auf die Vergangenheit anzusprechen. Sie hatten sich zu dritt in Köln getroffen. Irgendwann war Alex allein in eine Ausstellung gegangen. Später am Tag erzählte Fritzi ihr in der Küche ihres Airbnbs von dem Gespräch. Draußen tobte der stärkste Sturm des Jahres. Orkanböen, die den bunten Schmuck von den Maibäumen rissen. Die Fenster des Neubaus gegenüber leuchteten. Nachdem Fritzi schon eine ganze Weile gesprochen hatte, fing Alex an, sich Notizen zu machen:

Mama glaubt nicht, dass wir uns alles ausdenken. Aber wir seien jung gewesen und hätten uns das durch die Stressfaktoren (die ja vor allem zuletzt aufgetreten seien) ggf. so in unsere Realität integriert.

Alex war es vorgekommen, als würde Fritzi eine Soap nacherzählen, die nichts mit ihrem Leben zu tun hatte. Am nächsten Morgen frühstückten sie mit der Mutter Brote mit Salami und veganem Lachs und taten, als wäre nichts geschehen. Alex hatte sich ein bisschen erleichtert gefühlt.

Das Schreiben über die Mutter fühlte sich an wie jener ferne Morgen in Köln. Als würde sie einen Elektrozaun entlanglaufen, von dem sie nie wissen würde, ob er unter Spannung stand, solange sie ihn nicht berührte.

Sie schaltete den Fernseher ein und fand einen deutschen Sender. Bei *Let's Dance* tanzte eine lesbische Schlagersängerin mit ihrer Partnerin einen Mambo zu *Time of my Life.* »Ruft bitte nicht mehr für mich an«, sagte sie danach mit Schweißperlen auf der Stirn in die Kamera.

Alex nahm ein Kissen vom Bett und setzte sich darauf. Sie machte fünfundzwanzig seitliche Sit-ups und zwanzig

Liegestütze. Seit einem halben Jahr machte sie täglich Kraftübungen. Sie wollte der Weichheit ihrer Brüste, ihrer Lippen und Augen etwas Hartes, Maskulines entgegensetzen. Nach ihren Übungen blieb sie auf dem Teppichboden liegen. Sie drehte den Ton leiser und griff nach dem Handy.

Ich bin frisch getrennt, antwortete sie Lena.

Beim Einschlafen stellte Alex sich vor, wie sie am Tag darauf durch die Dünen gehen würden, auf das Meer zu, bis zu einer Wegkreuzung, vor der sie als Kind Dutzende Male gestanden haben musste und von der sie manchmal noch träumte. Wie sie den Weg nach rechts einschlagen würden, durch den Strandhafer, bis auf die höchste Düne hinauf. Wie sie die Asche in die Luft werfen würden, wie der Wind Opa Kurt erfassen und in Richtung Wasser wehen würde und wie dann ein nicht unerheblicher Teil einfach herniedersinken würde, in den weißen Sand, für immer verschwunden. Würde jemand etwas sagen? Ein Gebet sprechen, eine Erinnerung erzählen, weinen? Oder würden sie endlich alle einmal still sein?

Am neunten Tag

Der Strandpavillon hieß inzwischen Beach Club. Das Holz der Stelzen war weiß gestrichen, und das aktuelle Strandwetter wurde auf der Website gestreamt. Einzig die Piratenflagge auf dem Dach wehte wie zu einer Zeit, in der es hier nichts gegeben hatte als Frittiertes und Eis am Stiel.

Alex, die Mutter, Kriemhild und Petra setzten sich unsicher an einen der mit einem gestärkten Tischtuch eingedeckten Tische. Selbst Alex' Oma war verstummt. Sie alle hatten instinktiv gespürt, dass sie zu laut waren. Die Weinkarte und die ruhigen Stimmen der Amsterdamer Gäste mit ihren sonnenblonden Haaren und weißen Zähnen verwiesen sie auf ihren Platz. Ihre Familie so zu sehen brach Alex das Herz.

»Ich geh kurz eine rauchen«, entschuldigte sie sich.

Die Korbmöbel auf der Terrasse waren noch feucht vom Regen. Alex zog an ihrer Zigarette und blickte an zerzausten Palmen vorbei auf das Meer und den Strand, eine gleichförmige graue Masse aus Sand, Wasser und Luft.

Als sie ein paar Stunden zuvor die Asche verstreuten, hatte es in Strömen geregnet. Weil ihre Regenschirme den Böen nicht standhielten, waren sie bereits durchgefroren, bevor irgendwas passiert war. Nur die Mutter war perfekt vorbereitet. Sie trug einen dunkelblauen Regenanzug und schwere wasserfeste Armeestiefel.

Obschon die Mutter Anreise und Programm bis zu diesem Zeitpunkt genauestens geplant hatte, wirkte sie jetzt ratlos. Die Urne in der Hand stand sie verloren im Wind.

Niemand hatte eine Ansprache vorbereitet.

Rozi rettete sie aus ihrer Verlegenheit. Als etwa fünfzig Meter vor ihnen der rote Wagen der Strandwacht in Schrittgeschwindigkeit vorbeifuhr – auf der Suche nach illegalen Beisetzungen? –, rannte die Hündin laut bellend hinter dem Auto her. Auf das peinlich berührte Rufen der Mutter reagierte Rozi nicht.

»Sie mag Männer nicht«, sagte Kriemhild, und die Mutter kippte die Asche nach einem hastig vorgetragenen *Vater unser* kurzerhand aus, in den Händen ein leichter Tremor. Niemand weinte.

»Sorry, dit is een rookvrije zone«, rief ein Kellner, der das Beachmobiliar gerade mit einem Abzieher trocknete. Alex nickte entschuldigend und drückte die Zigarette in einer kleinen Pfütze aus. Sie dachte an Opa Kurt, dessen Überbleibsel wenige Stunden zuvor im Matsch verschwunden waren. Ob sie sich zukünftig beim Rauchen oder an nassen Stränden an ihn erinnern würde? Wahrscheinlich würde sie ihn nach und nach komplett vergessen, dachte sie und versenkte den Zigarettenstummel zwischen den Holzplanken.

* * *

»Wie soll man denn bitte schön kein Geschlecht haben?«

Alex' Tante Petra hatte in der *EMMA* gelesen, dass nichtbinäre Personen das Ende der Frauenbewegung waren.

»Wenn wir nicht auf die Besonderheiten von Frauen achten würden, könnten wir ihnen nicht helfen. Wusstest du zum Beispiel, dass Frauen bei einem Herzinfarkt viel häufiger übel wird als Männern?« Petra hatte einmal ein paar Semester Medizin studiert, bevor sie schwanger wurde und in ihre Heimatstadt zurückgekehrt war.

»Kennst du überhaupt jemanden, der nicht-binär ist?«, fragte Alex zurück.

»Es geht ums Prinzip«, antwortete ihre Tante.

»Ich frag mich, warum du dich so darüber aufregst.«

»Ach, Alex. Wir Frauen dürfen uns einfach nicht die Butter vom Brot nehmen lassen.«

Petra kämmte sich ausführlich und band sich dann die Haare zu einem verwirrten Dutt zusammen. Petras politische Ansichten waren Alex egal. Gerade deshalb war sie überrascht, wie weh ihr deren Aussage tat.

Kurz bevor Alex zur Mutter gefahren war, hatte sie beim Sommerfest ihrer Agentur Dan kennengelernt. »Ich benutze geschlechtsneutrale Pronomen, am liebsten dey/demm/deren«, sagte Dan, gleich nachdem Jenny sie einander vorgestellt hatte und davongeeilt war, um eine Autorin zu begrüßen, die durch ihre Bestseller über eine Fünfzigerjahre-Hausfrau mit Superkräften die gesamte Agentur finanzierte.

»Okay«, antwortete Alex und checkte Dan, ohne es zu wollen, von oben bis unten ab. Vokuhila: Check, unrasierte Beinhaare: Check, lange Nägel: Error, Tennis-Rock: Doppel-Error.

Dan sah irgendwie nicht nicht-binär genug aus, dachte sie und schämte sich gleich so sehr, dass sie Dan den Rest des Abends aus dem Weg ging.

Bis heute war Alex sich unsicher, ob sie selbst ihre Pronomen ändern wollte. Sie fürchtete, die Checkliste selbst nicht zu bestehen. Doch von Petra als »Frau« bezeichnet zu werden fühlte sich an, als würde sie träumen, wieder Alkohol zu trinken, beschämt und angewidert von dem beißenden Geschmack. Alex musste von diesem Familienessen verschwinden.

»Kannst du mir mal das Salz geben?«, fragte die Mutter, die Alex gegenübersaß und sich ab und zu in das Gespräch eingeklinkt hatte, um ihrer Schwester zuzustimmen.

Petra und die Mutter gehörten zu der Sorte Schwestern, die permanent aufeinander rumhackten und übereinander lästerten, sich aber trotzdem jeden Tag besuchten und zueinanderhielten, wenn es darauf ankam. Es war, als hätten sie bei Geburt einen Vertrag mit ihrem Blut unterschrieben.

Alex reichte ihr den Salzstreuer.

»Sieht aus wie Zucker«, sagte die Mutter.

»Ist aber Salz.«

»Hm«, sagte die Mutter und begann, das Gewinde aufzudrehen.

»Glaubst du mir nicht?«, fragte Alex.

»Das hat nichts mit Glauben zu tun«, sagte die Mutter. »Ich will nur keine süßen Pommes essen.« Sie kippte sich ein wenig auf ihre Handfläche, tunkte einen ihrer sehnigen Finger in den weißen Hügel und leckte ihn prüfend ab.

Als sie sich anschließend großzügig Salz über den Teller streute, war Alex erleichtert. Einen Moment war sie sich selbst nicht mehr sicher gewesen.

* * *

Schreib den Namen deiner Mutter

In meinen Aufzeichnungen finden sich drei Erwähnungen meiner weinenden Mutter.
Im ersten Fall habe ich die betreffenden Seiten meines Diddl-Tagebuchs mit einem Pritt-Stift aneinandergeklebt und mit einem großen roten X markiert. Daneben steht: »Langweilig, nicht lesen«.
Als ich die Seiten auseinanderziehe, werden einige Stellen bis zur Unleserlichkeit beschädigt.
»Zwei Stiche« steht da noch und »Blutbad«, vielleicht aber auch »Knopfnaht«.
Ich glaube, dass meine Mutter geweint hat, weil sie meine Schwester ohne Helm auf den Skaterplatz gelassen und Fritzi sich bei einem Sturz ihre Schneidezähne ausgeschlagen hatte.
Darunter liste ich meine bewegendsten Fernseherfahrungen auf, angefangen mit »E-Mail für dich«.
Das zweite Mal ereignete sich am Vorabend der OP, nach der ihr dritter Mann Günther meiner Mutter das Leben gerettet haben soll. Ich lief in den letzten Sonnenstrahlen des Herbstes die Spree entlang. Meine Mutter rief mich unter Tränen an: »Wenn ich nicht mehr aufwache, musst du wissen, dass ich stolz auf dich bin.«
»Talking to my Mum is like talking to an ex of mine«, schrieb ich in einer SMS an eine Freundin.
Das dritte Mal zeitigte bloß eine kurze, undatierte Beobachtung in meiner Notiz-App: »Ausnahmsweise Weihnachten mit der Familie, und schon eskaliert alles. Zu viel Ramazzotti. Mama schließt sich weinend im Schlafzimmer ein. Wenn sie ein Buch wäre, wäre sie ›Mrs Dalloway‹.«

TEIL ZWEI:
ROT

Am elften Tag

»Die Schreckschusspistolen unterm Bett hatte ich fast vergessen. Irgendjemand hatte sie mir zur Aufbewahrung gegeben. Niemand hatte vor, sie zu benutzen. Ich kannte einen von den Bullen. Sein kleiner Bruder war in meinem Deutschkurs. In der U-Haft verpasste ich die schönste Phase des Frühlings. Manchmal glaubte ich, einen bunten Schimmer durch die Gitterstäbe erkennen zu können, wenn ich mich auf einen Schemel stellte und die Augen zusammenkniff.«

Alex schaltete den Kassettenrekorder aus. Den Vormittag über hatte es geregnet. Jetzt nahm der Tag einen neuen Anlauf. Das Wasser verdunstete auf dem Gras, und die Kinder im Nachbargarten sprangen auf dem Trampolin, der Aufprall ihrer Schuhe vom nassen Netz gedämpft.

In Wolfgangs Gartenhaus passten ein Tagesbett, ein Waschbecken und ein schmaler Holztisch. Der Raum erinnerte an eine Mönchszelle. Das Reduzierte, Spartanische gefiel Alex. Sobald die Mutter und der Stiefvater sich früher gestritten hatten, hatte Alex sich unter der Bettdecke versteckt und sich vorgestellt, wie es wäre, in einem Auto zu leben. All ihr Hab und Gut, ihre Comics und Schienbeinschoner im Kofferraum zu verstauen. Die Sitze nach hinten zu klappen und die Vorhänge zu schließen, wenn es dunkel wurde.

Auf ihrem Ausflug zur Rheinbrücke hatte Wolfgang sie eingeladen, die Hütte zum Schreiben zu nutzen: »Wenn du mal deinen eigenen Ort brauchst.«

Doch seit Alex aus Holland zurückgekehrt war, war die Arbeit an dem Essay über die Mutter völlig zum Erliegen bekommen. Nach dem Gespräch mit Petra hatte sie schweigend zugehört, wie die Mutter und Petra darüber stritten, wer die Rechnung bezahlte, während Kriemhild am Auto darauf wartete, nach Hause gefahren zu werden. Auf der Rückfahrt hatte Alex bei jeder Rast eine Zigarette geraucht und gehofft, dass die anderen ihre Teilnahmslosigkeit als Trauer auslegten.

Alex war stuck. Es war, als wäre ihr ohne den bevorstehenden Abschied von Kurt ein nötiger Referenzrahmen verloren gegangen. Wie am Anfang eines neuen Jahres, das sich ohne Ferienpläne und Erinnerungen noch öde und eigenschaftslos anfühlte. Die kommenden Tage und Wochen waren eine verwaiste Ebene ohne Begrenzung oder Wegweiser. In Wolfgangs Hütte konnte sie sich davon zurückziehen und an die Wände starren, bis ihr etwas einfiel. Das hoffte Alex jedenfalls.

Doch bevor sie am Morgen in die Hütte hatte gehen können, hatte Wolfgang ihr einen alten Sony-Kassettenrekorder in die Hand gedrückt.

»Am Anfang der Rente bin ich durchgegangen, was ich so erlebt habe in meinen wilden Zeiten«, sagte er. »Du interessierst dich doch für so was.«

In ihrer Schulzeit hatten sich Alex und ein paar ihrer Mitschüler*innen bereitwillig in seinen Bann ziehen lassen, beeindruckt von seinen neuesten Plänen, seinen charmanten Anekdoten und seiner freundschaftlichen Art. Als Alex einmal den Unterricht geschwänzt hatte, hatte er Wassil und sie aus der Eckkneipe abgeholt, in der sie sich betrunken hatten, und ihnen Pommes und Kaffee gekauft, bis er sie nach Hause fuhr, ohne ihren Eltern ein Wort davon zu sagen. Sie waren alle Trabanten gewesen in seinem Orbit, und er, dachte Alex, hat diese Rolle geliebt.

Der Rekorder in Wolfgangs Hand hatte sich nicht wie ein Angebot angefühlt, sondern wie ein Auftrag. Und so hatte Alex sich leicht genervt auf den Fußboden gesetzt, den Rekorder im Schoß wie ein kleines Tier und auf *Play* gedrückt. Wolfgang begann wie immer ohne Umschweife.

»Als ich Martin kennenlernte, war das, als hätte mir jemand den Kopf aufgeschraubt und mir ein neues Alphabet eingepflanzt. Sex, Gespräche, Humor – es hat einfach alles gepasst.«

Martin war der Anführer einer etwa ein Dutzend starken, aber schlagkräftigen Truppe gewesen, die Standbeine im Münsterland und dem angrenzenden unteren Niederrhein hatte. Ihr Name: »Brigade Sebus«. Ihre Mission: »Uns für die unschuldig Ertrinkenden in die Fluten werfen wie Johanna Sebus, die bei der großen Flut 1809 ihre Mutter aus den Fluten des Rheins rettete. Das war meine Idee.« Wolfgang lachte alleine wie in Gesellschaft.

Alex war amüsiert. Wolfgangs Sprache hatte im Laufe der Jahrzehnte die Färbung der Region angenommen, den leichten Singsang, bei dem die betonten Silben hinabpurzelten, bis der ganze Aussagesatz auf einer fragenden Note endete, als ob das Gesagte den Sprecher selbst belustigte und so alles Vorangegangene in milden Zweifel zog. Der Dialekt nahm Wolfgangs dramatischen Erzählungen die Schwere. Sie waren wie ein Paar, das sich auf eine liebevolle Weise konterkarierte, um die Zuhörenden in seinen Bann zu ziehen.

»Als wir von Aids hörten, wussten wir, dass wir von der Regierung Rau nichts zu erwarten hatten. Der war ja so schlimm wie ein Christdemokrat!«

Und weil sie hier in der Höhle des Bösen, aka in einem zutiefst katholischen Landstrich aka einer tiefschwarz-bornierten Gegend, steckten und es eben nicht reichte, in den Großstädten zu demonstrieren, hatte Martin irgendwann vorgeschlagen, da anzugreifen, wo es wirklich wehtat: im Herzen des Katholizismus.

»Wenn wir einen Gottesdienst gestürmt haben, haben die Rentner fast einen Herzinfarkt bekommen.«

Alex dachte an die Filme, die sie über ACT UP in den USA und Frankreich gesehen hatte. An Dutzende Menschen, die den Gottesdienst in einer Kathedrale unterbrachen, die so riesig war wie der Petersdom. Aber hier war nicht New York City oder Paris, sondern das gottverlassene westdeutsche Hinterland. Und trotzdem waren sie aktiv geworden. Dort, wo sich alle seit mindestens einer Generation kannten, hatten sie ihr verpöntes Leid, ihre Lust und ihren Schmerz genommen und den Menschen hingehalten wie Maria ihren Sohn, sodass diese zwar Zeter und Mordio schreien oder sich angewidert abwenden konnten, aber eines ging ganz bestimmt nicht mehr: Sie konnten nicht mehr behaupten, von nichts zu wissen. Wolfgang und seine Genoss*innen waren keine Massen, aber sie waren nicht allein, und nach ihren Aktionen weinten sie möglicherweise gemeinsam, massierten sich gegenseitig die Füße oder sahen Kate-Bush-Videos auf MTV. Alex hingegen schaffte es nicht einmal, jemandem außer Fritzi von ihrer Kindheit zu erzählen.

Mitte der Achtziger waren Wolfgang, Martin und zwei lesbische Freundinnen bei einer ihrer Aktionen festgenommen worden. Routinehalber hatte die Polizei ihre Wohnungen durchsucht und zwei Schreckschusspistolen gefunden.

»Ich habe großes Glück gehabt, dass ich keine Vorstrafe bekommen habe. Sonst wäre meine Lehrerlaufbahn vorbei gewesen.«

Sie hängten den Aktivismus an den Nagel. Anfang der Neunziger erbte Martin ein kleines Vermögen, mit dem sie bald darauf das Haus kauften, in dem Wolfgang immer noch lebte.

»Ich dachte, ich wäre bei unseren Aktionen frei gewesen, aber das war keine Freiheit«, erklärte er weiter, bevor der Rekorder die Kassette automatisch umdrehte. »Ich wollte nichts mehr sein, bloß, weil ich schwul war: nicht politisch, nicht tuntig, nicht mal besonders geil. Ich wollte keine armen alten Frauen mehr erschrecken und keine Familienväter. Ich wollte einfach ich sein. Nicht Wolle, nicht Wolf: einfach Wolfgang.« Wolfgang schwieg so lange, dass Alex sich fragte, ob die Aufnahme vorbei war. »Martin hat mich einmal gefragt, ob ich an Gott glaube«, sagte Wolfgang dann doch noch. »Ich glaube an Gott, weil ich es mag, diese Frage zu bejahen.« Auf seinen letzten Satz folgte ein reduziertes Klavierstück. Bach, Brahms? Alex hatte keine Ahnung von Klassik.

Sie stand auf und stellte den Wasserkocher an. Aus dem Westen näherten sich weitere Regenwolken. »Höher! Höher!«, riefen die Kinder im Nachbargarten im Chor. Sie waren inzwischen von ihrem Trampolin auf eine Nestschaukel gewechselt, die an einem großen Apfelbaum hing. Eine Frau mit einem AirPod im Ohr schubste sie an. »Schneller, Mama! Schneller!«

Mit einem Schwarztee setzte sich Alex zurück an den Schreibtisch. In ihrer Notiz-App scrollte sie bis zur letzten Notiz, die sie sich auf einer Tankstellentoilette irgendwo zwischen s'Hertogenbosch und Arnheim gemacht hatte.

Gott versuchte, mit den Mitteln der Sprache einen Leib zu schaffen. Er sprach: Du sollst Mann sein und Adam heißen und du sollst Frau sein und Eva heißen. Doch im Anfang vor Gott war die Mutter und die Mutter kannte kein Gender und keinen Gott. Und Gott grämte sich sehr und sprach: Du wirst von allen gehasst werden, bis du selber hassen wirst. Gott sah, dass es gut war. Es wurde Abend und es wurde morgen: ein neuer gottverdammter Tag.

Alex hatte die böse Vorahnung, dass ihr auch heute nichts gelingen würde.

Weil sie keine Lust hatte, ins Haus zu gehen und von Wolfgang in ein Gespräch verwickelt zu werden, packte sie die Einkäufe aus, die sie auf dem Hinweg im Biomarkt gemacht hatte. Während sie zuckerfreie Maisflakes mit den Händen direkt aus der Packung aß, guckte sie auf ihrem Laptop ein YouTube-Video mit den Highlights der diesjährigen Tour de France. Erstmals war der Funkverkehr der Mannschaften live übertragen worden.

»T'es un vrai guerrier.« »Go on and kill him.« Die Durchsagen klangen wie Telegramme aus einem Kriegsgebiet. Irgendwas gab Alex diese todsichere männliche Selbstgewissheit, die nichts mit ihrem Leben zu tun hatte.

»Oh my God!«, schrie der Kommentator. Eine Rückblende

zeigte, wie ein Fahrer ein Jahr zuvor mit achtzig Stundenkilometern in eine Streckenbegrenzung gekracht war. Er hatte sich zahlreiche Knochenbrüche zugezogen und war in ein künstliches Koma versetzt worden. Nun hatte er wieder eine Etappe gewonnen. Sein tränennasses Gesicht füllte den Bildschirm, bevor Kampfjets die Trikolore in den französischen Abendhimmel malten.

In der nächsten Einstellung filmte ein Helikopter den malerischen Zielort aus immer größerer Entfernung, bis die Häuser und Felder nichts als kleine bunte Bausteine waren. Manchmal wunderte Alex sich über die Organisiertheit der Welt. Dass Menschen all das geschaffen hatten.

Sie schickte Fritzi ein Foto der Cornflakes-Packung: *Früher gab es nur die von Aldi $$$.*

Keine Antwort.

Am zwölften Tag

Durch das Wagenfenster hörte Alex ein leises Klingeln und das Trampeln von Hufen auf Asphalt. Nach wenigen Sekunden bogen die ersten Schafe um die Kurve und blieben prompt vor dem Auto stehen.

»Eine Erscheinung!«, dachte Alex.

Hinter der Vorhut staute sich die Herde. Ein Jungtier besprang versuchsweise das vorangehende Schaf, ließ aber gleich ab. Die Tiere starrten sie an. Alex versuchte, das Gesicht zu einer harmlosen Grimasse zu verziehen, doch die Tiere starrten einfach weiter.

»Los!« Auf einen Pfiff hin trieben zwei Hunde die Schafe voran. Der Schäfer machte im Vorbeigehen eine entschuldigende Geste. Als Antwort hob Lena grüßend eine Hand vom Lenkrad.

Wir sind umgeben von dem, was sie Geschichte nennen, hatte sie geschrieben, als Alex noch auf die graue Nordsee geblickt hatte, und sie zu einem Ausflug eingeladen. *Du darfst auch die Musik aussuchen.* Ohne nachzudenken hatte Alex zugesagt. Doch jetzt, nur wenige Zentimeter von Lenas zierlichem Körper, wurde Alex immer nervöser. Sie waren zum ersten Mal seit zehn Jahren allein miteinander.

»Er weidet mich auf einer grünen Aue und führet mich zum frischen Wasser«, sagte Lena und hupte einmal freundlich. Alex, die sich seit Jahren hinter kein Steuer getraut hatte, fand anziehend, wie selbstsicher Lena die Gesten des Verkehrs beherrschte.

Die Schafe waren inzwischen auf der Flussseite des Damms angekommen und trabten durch das vom Regen benetzte Gras.

»Hab ich dir erzählt, dass ich mal ein Schaf geschlachtet habe?«, fragte Lena.

»Nein«, sagte Alex und hob die Augenbrauen. »Wo soll das gewesen sein?«

»In Sambia. Und ich habe es nicht nur geschlachtet, sondern ihm auch die Haut abgezogen.«

»Oha.«

»Ich hab vier Wochen an einem Internat dort unterrichtet, bevor ich Vollzeit im Gymnasium angefangen habe. Am Nationalfeiertag sollte ein Schaf gekocht werden. Einer der Arbeiter aus dem Dorf bestand darauf, mir sein Handwerk beizubringen. Es war eine Ehre.«

»Wie hast du es getötet?«, fragte Alex.

»Mit einem Messer. Ich habe ihm so gut es ging von hinten die Kehle durchgeschnitten.« Lena verzog keine Miene. »Anstrengender als das Schlachten war das, was danach kam. Alles wurde verarbeitet: Muskeln, Organe. Ich habe das Fell mit in mein Zimmer genommen und versucht, es zu trocknen. Aber es war mitten in der Regenzeit.«

Alex schwieg. Sollte sie kritisch anmerken, dass es etwas Kolonialistisches hatte, nach Sambia zu reisen, um sich selbst zu finden? Jedes Mal, wenn sie ihre ausschließlich weißen Gesprächspartner*innen in den letzten Wochen auf ähnlich problematische Bemerkungen hingewiesen hatte, hatte Alex in fragende Gesichter geblickt. Und irgendwann, realisierte Alex voller Scham, hatte sie damit aufgehört, etwas zu sagen.

Lena schaute ungerührt geradeaus, ihre mörderischen Hände in korrekter Haltung am Lenkrad. Hatte sie Alex mit ihrer Geschichte beeindrucken wollen? Wollte sie, dass Alex sah, wie tatkräftig Lena war, dass sie vor nichts Menschlichem zurückschreckte? Alex stellte sich das starke Muskelfleisch um die Kehle des todgeweihten Tiers vor. Das Gefühl der Lebenskraft zwischen Lenas Beinen. Wie diese von ihrer Hand langsam entwich. Das warme Blut zwischen den grünen Bergen. Und dann, gegen ihren eigenen Willen, wie sich Lenas Hände um ihre Kehle legten. Alex schämte sich noch mehr.

* * *

Das Stiftshaus war frisch renoviert. LEDs beleuchteten die Fotografien. Darauf: starke, gedrungene Menschen, dunkle Höfe und Tabakfelder. Daneben: der Brief eines Gutsbesitzers an einen Pfarrer. Lange war Niederländisch die Sprache der Region gewesen. Erst im voranschreitenden 19. Jahrhundert, stand auf einer Hinweistafel, hatten die herrschenden Preußen mit Verboten und Strafen das Deutsche als Standard- und Schriftsprache etabliert. Alex war froh über die Falltür der Geschichte, die sich unter ihnen öffnete. Die Anhäufung von Wissen hatte ihr immer schon dabei geholfen, weniger zu fühlen.

Lena stand am anderen Ende des Raums, mit dem Rücken zu ihr, wie bei einer Choreographie, in der sie möglichst viel Abstand suchte. Selbst zur Begrüßung hatte sie nur flüchtig die Arme um Alex gelegt. Dabei sehnte sich Alex nach einer richtigen Umarmung. Eine, bei der ihre Hüften sich berührten und sie den Kopf auf Lenas Schulter sinken lassen konnte.

Später im Museumsgarten tranken sie Kaffee und sprachen über alte Bekannte. Den pensionierten Musiklehrer, der sie früher zu Bier und Pizza eingeladen hatte. Den Englisch- und Sportlehrer, der, ohne anzuklopfen, in die Mädchenumkleide geplatzt war und den Schülerinnen beim Geräteturnen nur allzu gerne zur Hand ging.

»So ein Arschloch«, sagte Lena missbilligend.

»Wie gefällt es dir eigentlich inzwischen in der Schule?«, fragte Alex nach.

»Besser.« Lena erzählte, dass sie eine Routine gefunden hatte. Sich am Sonntagabend hinsetzte, die nächste Woche durchging und sich eine Meditation aufsagte mit Selbstermutigungen wie »I can handle everything« und »My life is going well«.

»Ich verbringe viel Zeit damit, dass es mir in der Schule okay geht. Ich bin wirklich vernünftig geworden.« Lena wirkte deutlich lebhafter, jetzt, da sie über sich reden durfte. »Manchmal langweile ich mich dabei. Schüler wie du«, sagte Lena und sah ihr endlich in die Augen, »sind leider selten.« Trotz der kühlen Temperaturen lief Alex der Schweiß die Seiten hinunter. Ihre Tassen waren leer, aber Alex wollte sich auf keinen Fall schon verabschieden.

»Ich hab auf Instagram gesehen, dass Kunst von dir in einer Kirche ausgestellt ist?«

»Na ja, Kunst.« Lena sah geschmeichelt aus. »Willst du sie sehen?«

»Klar«, sagte Alex. »Ich liebe Kunst in Kirchen.«

* * *

Alex benetzte ihre Fingerspitzen mit Weihwasser und bekreuzigte sich. Sie kniete sich auf eine Kirchenbank in der ersten Reihe, die Hand auf dem wurmstichigen Holz, und bekreuzigte sich erneut. Lena wandte den Blick nicht von ihr ab.

Das Nachmittagslicht fiel durch die unbemalten Kirchenfenster, es war fast zu schön zum Aushalten. Wie der weiße Schatten eines Bettlakens oder eines leichten Vorhangs.

Auf den Fensterbänken standen Lenas Objekte – Glaskästen. In den meisten von ihnen fanden sich ein oder zwei Objekte in einer angedeuteten Landschaft. Tierskelette, Gürtelschnallen und Schwerter. Manchmal standen Figuren bei ihnen, Schlangen, Krieger und Krankenpfleger*innen.

Alex trat an den Beichtstuhl, bis ihre Stirn das Gitter des mittleren Fensters berührte, und schaute hinein. Ein Gebetbuch auf dem abgenutzten Samtkissen. Eine Kreuzspinne, die die Holzdecke entlanglief.

»Ich würde so gerne mal zur Beichte gehen«, sagte sie.

»Kannst du doch«, sagte Lena.

»Spätestens dann würde auffallen, dass ich nicht katholisch bin.«

»Wir können ja vorher üben. Was willst du denn beichten?«

»Ich hab einiges, was dem Papst nicht gefallen würde.«

Außer ein paar älteren Gläubigen war niemand hier. Alex stellte sich vor, wie sie darauf warteten, dass sie ganz allein waren. Wie sie sich einen Platz suchen würden, hinten in der Sakristei, und Alex sich an die Gebetsbank lehnen und Lena die Knöpfe ihrer Hose mit einem Rutsch aufreißen würde. Wie sie Lenas Hose nach unten ziehen würde, bis die Jeans um ihre Knöchel fiel wie bei einem Quickie auf einem Männerklo. Es war lange her, dass sie solche Tagträume gehabt hatte.

Auf der Rückfahrt hielten sie in einem Gasthaus am Rand der Stadt. Die Außenterrasse war von einer akkurat geschnittenen Hecke aus Buchsbäumen umgeben. Sie waren spät dran. Auf den meisten Tischen fanden sich die Spuren des Essens, Brotkrümel, geleerte Gläser und schmutzige Servietten. Von der Mittagskarte gab es nur noch Schnitzel mit Pommes und Brathering mit Salzkartoffeln.

Der Kellner, ein staksiger junger Mann, wirkte ungehalten, vielleicht wollte er selbst eine Pause machen. Er fuhr sich mit der Hand über den weißblond gefärbten Buzz Cut und warf genervte Blicke in Richtung Restauranteingang. Dort standen seine Kolleg*innen, lachten und rauchten.

Während Lena die Getränkekarte las, wollte Alex sich bei ihm entschuldigen. Dafür, dass er sie bedienen musste, anstatt mit dem Rennrad zum Baggersee zu fahren oder mit dem alten Golf seiner Eltern ans Meer.

Lena bestellte einen Weißwein zu ihrem Fisch und hielt dann inne. »Magst du auch? Wir könnten uns eine Karaffe teilen.«

»Nein danke. Ich trinke keinen Alkohol mehr.«

Lena sah einen kurzen Moment lang irritiert aus. »Okay. Dann nur ein Glas, bitte.«

Alex hatte vor ein paar Jahren aufgehört zu trinken. An einem schrecklich verkaterten Neujahrstag hatte sie sich gesagt »Nie wieder Alkohol« und war dabei geblieben. Zuvor hatte sie sich zweimal die Woche so gründlich betrunken, als wäre es ihre Pflicht. Es war nicht so, dass Alex sich aktiv zerstören wollte, aber sie hatte sich auch nicht wirklich dagegengestemmt. Sie hatte einfach kein Konzept gehabt für den Versuch, glücklich zu werden, mit allem, was dazugehörte. Außerdem hatte es immer Spaß gemacht zu trinken. Die ersten drei Drinks zumindest.

Der Kellner kam mit dem Essen zurück. Er wirkte entspannter. Das Levi's-Schild am Hintern seiner gut sitzenden Bluejeans stimmte Alex wehmütig. Es wirkte wie aus einem fröhlichen schwulen Prä-Aids-Setting gefallen. Als Lena ein zweites Glas bestellte, berührten sich wie zufällig ihre Hände. Alex schloss die Augen. Es war Wochen her, dass sie berührt worden war.

* * *

»Wo warst du?«, rief die Mutter aus dem Wohnzimmer. Sie saß mit Rozi auf dem großen roten Ledersofa, neben sich eine Tafel Schokolade und eine Tüte Chipsfrisch Ungarisch. Saß da, wie sie schon immer dagesessen hatte, mit anderen Hunden, die allerdings niemals aufs Sofa durften. Vielleicht war die Mutter weicher geworden mit den Jahren.

»Im Stiftshaus. Mit Wolfgang.«

Alex stellte sich hinter die Couch und kraulte Rozi hinterm Ohr. Sie hatte keinen Grund zu lügen. Soweit sie wusste, mochte die Mutter Lena, sie hatten sich sogar ein paarmal bei Veranstaltungen des Fontane-Kreises getroffen hatte. Aber Alex war es so sehr gewohnt, Dinge vor der Mutter zu verbergen, dass es ihr exzessiv vorkam, plötzlich die Wahrheit zu sagen.

»Schön! Es gibt noch Lasagne.«

Im Fernsehen erzählte eine bekannte lesbische Komikerin mit getönter Sonnenbrille vom Feuertod ihrer Mutter.

»Laut Kripo kann es ein Kurzschluss in der Küchenwand

gewesen sein. Es kann aber auch die dicke Katze gewesen sein, die eine Weihnachtskerze umgeworfen hat.«

Der Unfall, erzählte die Komikerin und wischte sich eine Träne aus dem Augenwinkel, habe sie nie losgelassen. Überall tote Eltern, dachte Alex.

Die Mutter und sie taten so, als wäre das ganz normal. Doch sie spürte, dass sich ihre Körper vor dem Fernseher anspannten, als sähen sie gemeinsam eine obszöne Sexszene. Nur Rozi schmatzte zufrieden.

»Ich hab schon gegessen«, sagte Alex schnell. »Ich bin richtig kaputt. Gute Nacht.«

Mal wieder versuchte sie zu masturbieren. Das Kirchenschiff kehrte zurück. War der Rhythmus ihrer Fantasien sonst hämmernd und repetitiv, ein Strobo-Licht aus Cumshots und Händen um ihren Hals, floss ihre Fantasie heute wie ein Tanz.

»O mein Gott.«

Als sie sich vorstellte, wie Lena ihr sagte, dass sie Alex liebte, kam sie fast.

Danach ging sie ins Bad, nahm ihre Tablette und weinte ein bisschen. Sie dachte an etwas, das Jenny ihr bei ihrem letzten Gespräch gesagt hatte.

»Manchmal ist unser authentisches Ich eingemauert, und wir können nur versuchen, einzelne Ziegel aus der Mauer zu schlagen, damit das Licht einfällt.«

Vor dem Einschlafen endlich eine Nachricht von Fritzi.

Von Georg hab ich seit Jahren nichts gehört.

Was machst du eigentlich immer noch dort? I don't get it.

Morgen sollte sie wirklich wieder schreiben.

Am dreizehnten Tag

Spät im August doch noch ein heißer Sommertag. In einer geschützten Bucht unterhalb des Radwegs saß eine Familie um eine Wasserpfeife und einen Grill voller Lammfleisch. In den Bäumen am Ufer wuchsen Misteln. Die gleißende Klarheit des Himmels machte Alex Mut. Es fiel ihr leichter, die Dinge zu mögen, wenn sie noch nicht begonnen hatten oder schon fast vorbei waren.

Sie setzte sich an den Wegrand und trank aus ihrer Mineralwasserflasche. Dann pinkelte sie im Stehen, halb versteckt hinter einem Busch. Alex sah zu, wie ihr Urin kleine Sprenkel auf ihre Joggingschuhe und Oberschenkel zeichnete. Sie musste noch üben.

Am Morgen hatte sie erneut Oma Kriemhild besucht, die über die Hitze geklagt und alle Jalousien heruntergelassen hatte. Das Wohnzimmer war allein vom Fernseher beleuchtet, auf dem leise eine Krimiwiederholung lief.

»Hast du noch Kontakt zu Georg?«, fragte Alex.

»Der ruft mich manchmal an, an meinem Geburtstag«, sagte Kriemhild. »So ein lieber Junge. Ich weiß nicht, was deine Mutter für ein Problem mit ihm hatte. Armer Zöckel.«

»Und wie geht's ihm?«

Auf dem Fernseher stritten sich eine deutsche Polizistin

und ein österreichischer Kommissar darüber, welchem Land eine auf einem Grenzstein liegende Leiche gehörte.

»Ach, ganz gut, ne. Er ist Postbote, glaube ich, in Mülheim. Für Pakete.«

»Hast du seine Nummer?«

»Da muss ich mal Petra fragen, dass sie nachsieht.«

Heute zeigte Kriemhild ihr wirklich die Fotos, um die Alex gebeten hatte. Die Mutter mit Topfschnitt, weißen Kniestrümpfen und einer kubistischen Schultüte. Die Mutter mit ihren dunklen Haaren neben der blonden Schwester, den Blick durchdringend auf die Kamera geheftet. Das Foto der drei Kinder, Fritzi und Alex um Georg herum, das sich auf dem Screen von Alex' Handy widerspiegelte.

Selbst im schwachen Licht sah sie, dass ihre Oma die Bilder mit ungewohntem Ernst betrachtete.

»Weißt du«, sagte Kriemhild. »Es gibt Gott, und dann gibt es etwas anderes. Als Ruth einmal ein Bild von Georg angesehen hat, ist das Glas zersprungen.«

Alex zog sich die Hose hoch. Dann lief sie weiter, an einem Feld voller Heuballen, die von der Winterweizenernte übrig geblieben waren. Sie blieb stehen und musterte die runden Kolosse. Als Alex klein war, war ein Kind aus ihrer Nachbarschaft von einem solchen Ballen erschlagen worden, während es für ein Foto posierte. Oder hatte sie das in einem Buch gelesen? Beides konnte sich Alex in dieser wolkenlosen Stunde nicht vorstellen.

Sie riss einen Strohhalm aus der Erde, steckte sich ihn zwischen die Schneidezähne und beschleunigte das Tempo. Sie wollte der Orientierungslosigkeit der letzten Tage ein Ende machen und sich ganz bald mit frischem Elan ans Schreiben setzen. Oder für immer so weitermachen, über die Felder ziehen wie eine irre Sagengestalt.

* * *

Lena hatte Snacks eingekauft. Cracker, Wurst und Käse aus dem Lidl-Deluxe-Sortiment. Sie trug ein ärmelloses Sommerkleid. Ihre offenen Haare waren noch nass von der Dusche. Alex, beschwingt von ihrer kleinen Wanderung, umarmte sie fest.

Lenas Wohnung lag im Hochparterre, sie hatte einen Garten und einen verglasten Erker. Auf Regalen und Werkbänken standen dort Lenas Schaukästen.

»Zum Malen habe ich keine Zeit mehr«, sagte Lena entschuldigend. »Wie läuft es bei dir mit dem Schreiben?«

Als Alex' Roman erschienen war, hatte Lena das Buchcover, ein Foto von einem oberkörperfreien, muskulösen Rücken, mit einer Reihe bunter Herzen kommentiert. Ob sie es gelesen hatte, wusste Alex nicht.

»Lass uns lieber über was anderes reden.«

Doch sie sprachen nicht mehr viel. Heute war nichts mehr zu entscheiden. Die Spannung hatte sich bereits so sehr angestaut, dass nur noch eines möglich war.

Alex küsste ausweichend Lenas Schulter und wurde sich des Ansatzes ihrer kürzlich rasierten Scham bewusst. Lena fuhr Alex' Oberarm entlang und wendete ihr fast abrupt das Gesicht zu. Lena schmeckte wie die Jungs vom Rhein, sie hatte geraucht. Sie zu küssen war schön, aber Alex hatte auch noch nie eine Frau getroffen, die wirklich schlecht küsste.

»Warte.« Alex zog ihr T-Shirt aus und kämpfte dann mit dem Binder, bis Lena ihn ihr von hinten über den Kopf zog.

Sie war froh, dass Lena weder das Kleidungsstück noch Alex' Brüste darunter kommentierte.

Der Sex war hot, aber ein bisschen enttäuschend. Alex hatte erwartet, dass Lena sie dominierte. Dass sie sich hier, im intimen Raum, ganz anders bewegen würde als sonst. Dass ihre schroffe Verletzlichkeit einer ruhigen Entschiedenheit den Weg frei machen würde. Aber Lena tat nicht viel, außer ihr Kleid auszuziehen und Alex an sich zu ziehen. Sie war sehr feucht und kam so schnell und lautlos, als würde die Luft aus einem Ballon entweichen.

Hinterher war Alex traurig, ohne genau zu wissen, warum. Sie vergrub ihr Gesicht an Lenas schweißnassem Hals. Lenas schmaler Körper, der weniger war als der ihre.

»Kannst du meine Hand halten?«, fragte Lena wenig später. »Ich fühle mich sicher mit dir, als wärst du so ein Zwei-Meter-Typ.«

Dann erzählte sie. Davon, wie sie als Kind über eine Treppenbrüstung gefallen und kopfüber zwei Stockwerke nach unten gestürzt war. Wie sie eine Woche im Koma gelegen hatte, ihr Gehirn so angeschwollen, dass unklar war, ob sie überleben würde. Während des Orgasmus, sagte sie, habe sie gerade sich selbst gesehen. Nach ihrem Unfall, im Krankenhaus, verkabelt und hilflos.

»Hast du dich von außen gesehen oder warst du diese Person?«, fragte Alex.

»Beides. Seit meinem Koma habe ich das Gefühl, nie mehr ganz in meinen Körper zurückgekehrt zu sein.«

* * *

Schreib den Namen deiner Mutter

Es waren einmal drei Kinder in einem verwunschenen Haus. Ihre Tage waren düster, und es gab keine Liebe dort. Nicht in ihren Zimmern, in denen sie mit Schüsseln voller billigen Cereals allein vor den Fernsehern saßen und versuchten, die Wut- und Schmerzensschreie mit den »Simpsons« und »GZSZ« zu übertönen. Nicht in der Küche, in der sie Nachmittage lang Gerichte hinunterwürgen mussten, vor denen sie sich ekelten – Pilze, Leber, Hühnerherzen. Nicht im Garten, in dem die Goldfische einer nach dem anderen an einer mysteriösen Krankheit verendeten. Es war, als hätte jemand einen bösen Zauber über ihre Welt gelegt, von dem sie nichts wussten. Trotzdem kam ihnen ihr Leben normal vor. Doch zwei der Kinder hatten Glück. Alle zwei Wochen lichtete sich der Zauber, und sie durften das Haus verlassen. Dann lebten sie in einem anderen Haus, in dem sie umarmt wurden und so viele Marmeladenbrote essen durften, wie sie wollten. So erfuhren sie, dass es eine Welt außerhalb ihres Hauses gab. Eines Tages beschlossen sie zu fliehen. Sie verriegelten ihre Türen und trafen sich auf dem Balkon, der ihre Zimmer verband. Sie kletterten über das Geländer auf das Garagendach und hinab auf die Straße, wo ein Auto wartete und sie wegbrachte. Nie wieder setzten sie einen Fuß in das verwunschene Haus. Nur das dritte Kind, das ließen sie zurück.

Am vierzehnten Tag

Alex wollte jemanden küssen. Sie stand an einer Tankstelle, eine Frau entzog sich ihr mit den Worten »Ich brauch eine Ritter Sport«. Alex drehte sich um, sie wusste, dass die Ansicht ihres entblößten Rückens rührend war. Die Frau küsste Alex' Hüfte nahe der Wirbelsäule und fasste ihr sanft in den Schritt. Alex wachte mit einer Hand in der Schlafanzughose auf.

Noch im Bett griff sie nach ihrem Handy.

Lena hatte ihr geschrieben: *Guten Morgen. :-) Wie hast du geschlafen?*

Ganz okay. Aber ich bin irgendwie anxious.

Das tut mir leid. Sehen wir uns trotzdem heute Abend?

Alex wollte sich am liebsten auf unabsehbare Zeit unter ihrer Decke verkriechen. Weil das besser klang, antwortete sie: *I don't want you to see me in my dinginess, how I cling to the harsh smallness of my life.*

Ich weiß leider nicht genau, was du meinst.

Alex vermisste die Frau aus dem Traum.

Ihr Kreislauf war down, immer noch passierte ihr das mit dem Antidepressivum. Sie ließ das Handy neben dem Bett liegen und lief barfuß in den Garten. Der Nachbar sprang um seine Frau herum und malträtierte ihren Oberarm mit spielerischen Boxschlägen. Auch ihr Hund sprang aufgeregt zwischen ihnen in die Luft. Alex drehte den Gartenschlauch auf und trank, dann stemmte sie die Hände in die Hüften und sah in den weiten Himmel. Es tat gut, einfach dazustehen. Alex würde wieder ins Haus gehen. Sie wollte eine kurze Meditation machen, um ihre Gefühle als Gefühle zu identifizieren und ihre Gedanken als Gedanken. Alex würde einen Timer stellen und eine Stunde lang schreiben, ohne sich ablenken zu lassen von Lovers, die sie nicht verstanden.

* * *

Schreib den Namen deiner Mutter

Mit fünfundzwanzig hatte ich alles: ein Kind, ein Haus, einen Hund. Es war das Jahr, in dem die Mauer fiel.
Ich pflanzte Tomatenstauden und Gurken in einem Gewächshaus, während sich die Mütter und Babys der Nachbarschaft reihum an Pools und Planschbecken trafen. Ich glaube, ich war glücklich.
Zwei Jahre später habe ich in der Schublade meines Mannes eine lila Packung zwischen den Socken entdeckt.
Ein Milka-Geschenkherz. Da wusste ich Bescheid.
Ein Jahr später reichte ich die Scheidung ein.
Es waren die Neunziger. Ich schnitt mir die Haare kurz und kaufte meinen Kindern bunte Anoraks. Ich las ihnen die Märchen der Gebrüder Grimm vor und ließ die grausamen Stellen aus, in denen dem griesgrämigen Schuster die Augen ausgehackt werden oder ein Mädchen ihren abgetrennten Finger als Schlüssel benutzt. Ich war eine gute Mutter.
Der Nachbarsdackel hatte sich durch den Maschendrahtzaun gebissen, den mein Ex-Mann vor seinem Auszug um

das Meerschweinchengehege angebracht hatte. Ich konnte das tote Tier einfach nicht begraben. Es lag so friedlich da, in seinem weiß und schwarz gefleckten Fell. Nur am Hals etwas Blut. Das war zu viel für mich. Ich musste einen Kollegen um Hilfe fragen. In dem Moment, in dem er Otto – oder war es Benjamin? – in das kleine Erdloch legte, ohne mit der Wimper zu zucken, entschied ich, dass ich wieder heiraten wollte.

Mein Ex-Mann galt in der Stadt als attraktiv. Er war kräftig und o-beinig. Manche verglichen ihn sogar mit Tom Cruise. Ich fand eher, er sah ein bisschen aus wie der junge Schumi. Er war auch alleinerziehend.

Nach einem halben Jahr beschlossen wir zusammenzuziehen. Sein Sohn und meine beiden Töchter waren fast gleich alt.

Der Junge war schwierig. Er hat immer versucht, uns auseinander zu drängen. Wenn wir spazieren gingen, und mein Mann und ich uns an der Hand hielten, ließ er sich ein kleines Stück zurückfallen und schob sich dann von hinten zwischen uns. Er war nicht normal wegen seiner Mutter. Die wollte ihn nicht. Hat ihn einfach nicht aus dem Kindergarten abgeholt. Er hat einen Schaden fürs Leben davongetragen. Man konnte ihm nichts erklären, er hat nie stillgehalten. Ich dachte, ich könnte damit umgehen. Aber ich konnte es nicht.

Eine einzige Situation gibt es, von der ich im Nachhinein denke, dass ich hätte anders handeln können: Als er mir so ein Herz zum Geburtstag malte, »Ruht« stand darauf. Es sah aus wie die unfertige Inschrift auf einem Grabstein. Er war schon in der dritten Klasse. Da bin ich wütend geworden, ich dachte, er macht das extra. Später habe ich mich gefragt, ob es nicht vielleicht doch ein Versehen war.

* * *

Wie ferngesteuert nahm Alex am späten Nachmittag das Rad und machte sich auf den Weg zu Lena. Der Himmel hing tief über der wie mit dem Lineal gezogenen Landschaft. Es war immer noch warm. Dennoch schien der gestrige Sommertag eine ganze Jahreszeit lang her zu sein. Der Himmel hatte einen Herbstton. Das helle Grau blendete sie.

Lena trug ein Seidenhemd, eine hochgekrempelte Bluejeans, unter der ihre muskulösen Beine sichtbar waren, flache, taubengraue Superga-Sneakers. Das Outfit erinnerte Alex daran, dass es neben Lenas Verletzlichkeit auch ihre bürgerliche Selbstgewissheit gab, ihre Geschmackssicherheit, ihre stolze Zurückhaltung. Dass sie etwas an sich hatte, das Alex wollte.

Es gab Spaghetti alla puttanesca. Das Essen war versalzen, aber Alex war hungrig vom Schreiben und aß schnell.

»Ich wollte über etwas mit dir sprechen«, sagte Lena, die ihren Teller kaum angerührt hatte. Nervös drehte sie den Ring an ihrem Finger. »Ich weiß nicht genau, wie. Ich sag's einfach. Ich bin poly.«

Alex verschluckte sich und hustete eine halb zerkaute Kaper in ihre Serviette. Sie war überrascht, dass alternative Beziehungsmodelle es bis in die Provinz geschafft hatten.

»Mein Partner ist Archäologe. Er ist meistens auf Grabungen, in der Türkei. Wir haben uns kennengelernt, als ich nach dem Kunststudium einen Job gesucht habe. Ich hab Zeichnungen gemacht von seinen Funden.«

Alex trank einen Schluck Wasser. »Und wo wohnt er sonst?«, fragte sie in einem möglichst unbeteiligten Ton.

»In Brighton. Er ist Brite. Gabe«, Lena machte eine kurze Pause, »ist Brite.«

Alex stellte sich einen drahtigen, blonden Typen vor, der mit seinem Mountainbike die Berge ums Ausgrabungscamp erkundete und eng sitzende North Face-Klamotten trug. Er war sicher immer gut gelaunt, aber durch die allgegenwärtigen Spuren des Todes, die seine Arbeit mit sich brachte, sensibel genug, um Lena verstehen zu können. Alex war ein bisschen eifersüchtig.

»Wir sind schon sechs Jahre zusammen. Aber unsere Beziehung ist speziell. In den Pausen zwischen den Grabungen kommt er hierher, in den Ferien besuche ich ihn.«

Alex sah die Erde, die die Archäolog*innen aussiebten, um kleinste Fundstücke zu entdecken, Pfeilspitzen oder Tierknochen. Die Zeltstädte, in denen sie die Funde am brennend heißen Nachmittag sortierten, geschützt durch ein Sonnendach.

»Gibt es noch jemanden außer Gabe?«

»Das ist kompliziert.«

Lena erzählte von einem Paar in der Bay Area, alte Freunde von Gabe. Alex stellte sich Kletterausflüge vor, die am Ende doch nur spießig waren. Sie schämte sich ein bisschen für ihre Gehässigkeit.

»Ich war noch nie in den USA«, sagte sie dann. »Dabei hatte ich letztes Jahr sogar schon einen Flug und ein Hotel in New York gebucht. Aber ich bin nicht geflogen.«

Es war nicht das erste Mal, dass sie fast in die Staaten gefahren wäre. Nach dem Abi hatte ihr Rektor ihr von einem Stipendium erzählt. Alex hätte zehn Tage auf Einladung der US-Regierung in Lincoln, Nebraska, verbracht, eine Agrarmesse besucht, Bisonfleisch gegessen. Kurz vor der Abreise hatte eine Polizistin Fritzi aus einem besetzten Haus in Köln gezerrt und nach Hause gebracht. Sie roch nach Schnaps und Körperflüssigkeiten und hatte rot leuchtende Schnitte auf beiden Unterarmen.

»Vielleicht können wir mal zusammen hinfahren«, sagte Lena.

»Du erzählst mir von deinen anderen Beziehungen und willst direkt eine Reise mit mir planen. Ein bisschen viel, oder?«

Alex versuchte, Lena nicht anzusehen, während sie das Mineralwasser nahm und sich nachschenkte.

»Warum viel?«, fragte Lena weiter. »Ich sag dir das alles, weil ich transparent sein will. Du hast auf jeden Fall einen Platz in meinem Leben.«

Erleichtert nahm Alex sich Salat nach. Sie wollte, dass jemand mit ihr plante, aus Prinzip. Auch wenn sie selbst nicht wusste, ob sie einen Platz in Lenas Leben haben wollte. Oder vielleicht gerade deswegen.

Als sie ins Schlafzimmer gingen, zog Lena die Vorhänge zu. Im Bett sah sie Alex von der Seite an.

»Hello«, sagte Lena cheeky, den Kopf nach unten gewandt.

Wieder war Alex überrascht, dass Lena kleiner als sie war.

Sie zog sich den Pulli aus und lenkte Lena wortlos auf sich, nahm ihre Hand und führte sie zwischen ihre Beine. Während sie sich anfassten, sah Alex sie genau an, sah ihre weit aufgerissenen Augen, die geröteten Wangen. Lena wirkte ehrfürchtig, wie sie dalag und ungeduldig versuchte, Alex' Hose zu öffnen, aufgab und dann von außen den Hosenschlitz rieb. Auch mit Lena war Alex noch nicht gekommen, aber darum ging es ihr nicht, wenn sie so über ihr war und das Gefühl hatte, ganz in ihr zu sein, sich aufzulösen bis zu einem hellen brennenden Punkt, ihr Atem synchron, getragen von ihrem Rhythmus, bis zum letzten, langen Aufbäumen.

»Ich hab das noch nie so gemacht«, sagte Lena danach. »Mit Jodie war es immer ein bisschen gehemmt. Ich hatte ständig Angst, übergriffig zu sein. Kennst du das?«

Lena sah Alex an, die Pupillen weit, die Augen grün. »Wenn wir noch zweimal Sex haben, verliebe ich mich in dich«, sagte sie dann. Sie klang wie eine Schauspielerin, die zum ersten Mal einen eigenen Monolog geschrieben hatte.

»Ich hol mir ein Glas Wasser«, sagte Alex und stand auf.

Im Schlaf mahlte Lena mit den Zähnen. Als sie trocken aufschluchzte, fasste Alex sie sanft an die Schulter. »Hey, ist schon gut.«

Lena stieß sie zurück und schlief weiter.

Alex wischte sich mit der Bettdecke Lenas Schweiß von der Brust. Sie ging in den Erker und betrachtete die dort aufgereihten Schaukästen. Alex verstand jetzt, dass Lena sich mit ihren Installationen auf Ausgrabungen bezog, dass sie Grabbeilagen zitierte. Auch hier immer wieder Schlangen. Die Schlange, die in Träumen die Mutter symbolisierte. Lenas emotionale Landschaft war von Trauma und Verlust geprägt. Ihre Gemeinsamkeit machte Alex Angst.

Als Lena nach einer Weile aufwachte, sprachen sie über Depressionen, die Trennung zwischen Kunst und Aktivismus und über Alex' Familie. Lena saß auf dem roten Sofa, knackte mit dem Nacken und trank ein Glas Wein nach dem anderen. Alex entspannte sich. Sie genoss es, mit jemandem zu reden, der nicht mit ihr verwandt war. Lena wurde immer mitfühlender, je mehr sie trank.

»Bist du sicher, dass du nicht willst?«, fragte sie und hielt Alex die halb leere Flasche hin.

»Ganz sicher.«

»Warum trinkst du nicht mehr?«, fragte Lena.

Alex dachte nach. »Ich glaube, sobald ich anfange, kann ich nicht aufhören. Nicht direkt, um mich zu betäuben oder auszulöschen, sondern eher, weil es mir das Gefühl gibt, als sollte ich eigentlich nichts anderes tun, als zu trinken. Weil es wirklich alles besser macht: reden, weinen, im Urlaub sein. Wenn ich wüsste, dass ich in einer Woche sterben würde, würde ich einfach die ganze Zeit trinken. Weil ich den Gedanken an den Tod aber lieber verdränge, trinke ich gar nichts.« Alex hatte Lena nicht so viel von sich erzählen wollen. Sie spürte eine vertraute Verunsicherung in sich aufsteigen, den Bodensatz, der seit dem Morgen ruhig dagelegen hatte. »Ich würde gerne etwas allein sein jetzt«, sagte sie dann möglichst heiter. »Hat gar nichts mit dir zu tun.«

»Okay. Kein Problem«, sagte Lena. Natürlich sah sie trotzdem gekränkt aus.

»Ich wollte dir noch was geben. Du interessierst dich doch so für Farben.« Lena drückte ihr einen Aufsatz in die Hand, einen kleinen Stapel einseitig bedruckter Papiere: *Barnett Newman, »Who's Afraid of Red, Yellow and Blue III«*. »Das ist einer meiner Lieblingskünstler.«

Alex war irritiert. Lena versuchte immer noch, sich so mit ihr zu connecten wie früher. Sie mit Bildungsversatzstücken an sich zu binden, als wäre Alex nicht selbst so oft in Museen gegangen, bis sie endlich Caravaggio von Velázquez unterscheiden konnte, oder, wenn sie nicht gerade depressiv war, Ausstellungseröffnungen in Galerien in Neukölln besuchen. Alex war genervt.

Doch dann stellte Lena sich auf die Zehenspitzen, faltete die Hände vor dem Schoß, winkelte ein Bein an und machte eine Pirouette, die alles andere als perfekt war.

»Gestanden!« Lena verbeugte sich. Einen Moment hätte Alex sich gerne mit ihr auf das rote Ledersofa gesetzt, einen Tatort eingeschaltet und ihr die Füße massiert.

Stattdessen ging sie auf Lena zu und küsste sie bestimmt. Dann schob sie sie mit ihrem ganzen Körper an das Panoramafenster, stützte sich mit einer Hand über Lenas Kopf ab und griff ihr mit der anderen unter den Rock. Lena war wieder feucht. Alex nahm die Hand zurück und zog am Bund von Lenas Slip.

»Bitte«, sagte Lena, den Mund geöffnet.

Mit zwei Fingern drang Alex langsam in sie ein. Nachdem Lena gekommen war, sah Alex ihr fest in die Augen.

»Ich würde dich gern schwängern«, sagte Alex. Und in diesem Moment stimmte das.

* * *

Alex hatte ihre Fahrradlichter vergessen. Sie fuhr auf Feldwegen und Bürgersteigen, und wenn es keine Straßenlaternen gab, leuchtete sie sich freihändig mit dem Handy den Weg. Es war angenehm kühl. Der Mond eine vage Ahnung über der Wolkendecke.

Alex dachte daran, wie Lena sich angefühlt hatte, wie sich ihr ganzer Körper anspannte und sie eine Hand unter ihr Steißbein schob, bevor sie kam.

Ich würde dich gern schwängern.

Woher kam dieses Bedürfnis, Frauen in Besitz zu nehmen? Noch einmal, dann würde sich Lena in sie verlieben.

Schon weit vor dem Rathausvorplatz sah sie die Kirmesstände in der Dunkelheit blinken. Weil sie nichts Besseres zu tun hatte, hielt sie an und schloss das Fahrrad an einen Postkasten an.

Die betrunkenen Jugendlichen und die Fahrgeschäfte sahen exakt aus wie in den Neunzigern. Breakdance und American Loop, Crazy Dancer und Miami. Dieselben Mittelscheitel und Crop Tops, klobige Sneakers und Kreuzkettchen. Abgesehen von den Smartphones hatte sich nichts verändert.

Am Autoscooter standen zwei Mädchen in Billie-Eilish-Shirts und Jeansröcken und hielten sich an den Händen. Sie flüsterten sich etwas ins Ohr und küssten sich. Als Alex das letzte Mal auf der Kirmes war, hatte ein Skater aus der Parallelklasse sie angespuckt.

»Wenn du kein Mädchen wärst, würde ich dich zusammenschlagen!«, hatte er geschrien. »Du dumme Lesbe!«

Am Schießstand drückte Alex dem Teenager in einem silbernen Jersey ihre letzten drei Euro in die Hand. Dann nahm sie das Luftgewehr, legte den Lauf an der rechten Schulter an und stützte den linken Arm auf der Theke ab.

»Brauchst du eine Schießhilfe?«, fragte der Junge, ohne von seinem Handy aufzublicken.

»Auf keinen Fall.« Alex schloss das linke Auge und blickte durch die Zielvorrichtung. Sie zielte so lange, bis Kimme und Korn auf einer Höhe waren, mittig dahinter das Tonröhrchen. Ihre Hände waren ganz still.

Früher hatte Alex die Mutter manchmal zum Schießstand des Schützenvereins begleitet oder am Tag der offenen Tür auf dem Polizeiamt auf Tontauben geschossen, während die gut gelaunten Beamten Kindern Drogenabstriche von ihren Handinnenflächen nahmen, Spürhunde mit Säuglingen posierten und Rundflüge mit dem Helikopter verlost wurden.

Alex drückte ab und traf.

»Wow!« Der Teenager legte das Handy aus der Hand. Er fischte ein kleines Windrad mit Regenbogenflügeln aus dem geborstenen Röhrchen. »Du kannst das auch tauschen«, sagte er. »Ich mach eine Ausnahme.« Er zwinkerte und hielt ihr eine Box mit Preisen hin. »Besonders beliebt sind Einhörner und Lamas. Und Rosen, als Geschenk.«

»Danke, das passt so«, sagte sie. »Ciao!«

Als Alex davonfuhr, knallte es hinter ihr. Sie drehte sich um. Das Feuerwerk hatte begonnen. Rote, blaue und gelbe Funken, die auf die Stadt hinabregneten.

* * *

Who's Afraid of Red, Yellow and Blue III, las sie zu Hause, *Wer hat Angst vor Rot, Gelb und Blau III, 1966/67. Öl auf Leinwand. Höhe: 2,45 Meter, Breite 5,44 Meter. Farben: Kadmium-Rot, Kadmium-Gelb und Ultramarin-Blau.* Barnett Newmans Karriere als Maler, las Alex, hatte erst spät begonnen. Seine erste Solo-Ausstellung hatte er erst mit Mitte vierzig. Vielleicht ging er mit seinen Bildern, die selbst für abstraktionistische Verhältnisse riesig waren, deshalb aufs Ganze. Er wollte die *Realität transzendentaler Erfahrung* schaffen, dass das große Format und die Farben überwältigten.

Newmans Bilder provozierten. Den einunddreißigjährigen Gerard Jan van Bladeren ärgerte das Bild so sehr, dass er es

1986 mit einem Messer zerschnitt. »Als ich *Who's Afraid of Red, Yellow and Blue III* zerstörte, war ich die Natur«, erklärte van Bladeren später. 1997 meldete er sich aus der Psychiatrie in Amsterdam beim Direktor des Stedelijk-Museums und kündigte eine zweite Attacke an. Kurz darauf betrat er das Museum, doch er fand das Bild nicht. In Sekundenschnelle zerschlitzte er dafür die Leinwand von Newmans blauer *Cathedra* mit sieben großzügigen Längsschnitten. Danach wartete er seelenruhig auf seine Festnahme. Vielleicht hatte van Bladeren sich nur beweisen wollen, dass er keine Angst hatte.

Alex konnte van Bladerens Aufregung verstehen. Selbst auf den digitalen Reproduktionen wühlte *Who's Afraid of Red, Yellow and Blue III* sie auf. Eine riesige rote Fläche, flankiert von zwei verschwindend schmalen Streifen Blau und Gelb. Alex erinnerte sich an die Farbpsychologie der Pharmaindustrie. Dass Rot für starke Schmerzmittel und Herz-Kreislauf-Präparate genutzt wurde. In Newmans Bild war es das Rot, das das lebensfrohe Gelb und das beruhigende Blau verdrängte, wie ein Wutanfall oder ein Herzinfarkt. Eigentlich erstaunlich, dachte Alex, dass abstrakte Kunst nicht häufiger angegriffen wurde. Sie ging zu nah, um die Distanz zu wahren.

Am fünfzehnten Tag

Die Kapelle war ein einfacher Klinkerbau am Rande einer Landstraße. An diesem Dienstagmorgen war Alex die einzige Besucherin. Jenny hatte ihr geraten, an ihrer Einstellung zu arbeiten.

»Kennst du Alfred Adler? Den Psychoanalytiker? Der hat seine Patienten im Erstgespräch gefragt ›Was würden Sie tun, wenn Sie geheilt wären?‹, und ihnen dann gesagt: ›Dann gehen Sie raus und tun es!‹ Ich frage dich also: Wenn du bald sterben würdest, was würdest du an deinem Text ändern?«

Alex kannte Adler, und sie kannte Schreibratgeber, die die Auseinandersetzung mit der eigenen Endlichkeit als ultimative Auflösung von Schreibblockaden einsetzten. Sie hatte sich deshalb schon vor Langem eine App installiert, die sie mehrfach täglich an den Tod erinnerte. Trotzdem hielt sie es für eine gute Idee, zusätzlich einen Ort der spirituellen Einkehr zu besuchen.

Alex betrachtete die kleine Kapelle. In einer Ecke fand sie eine verstaubte Priesterstola. Der goldene Stoff fühlte sich unter ihrer Hand so fein an wie selbst geschöpftes Papier. Alex dachte kurz darüber nach, die Stola in ihrem Rucksack verschwinden zu lassen, traute sich dann aber nicht. Sie griff nach einem Teelicht und blickte auf die weiß gekleidete Marienfigur in einer Nische neben dem Altar. Nach kurzem Zögern führte sie eine lange Kerze an eines der wenigen brennenden Teelichter. »Maria, gib mir die Kraft, über meine Mutter zu schreiben, als wäre sie schon tot.«

Ich denk an dich, schrieb ihr Lena, bevor Alex aufs Rad stieg.

Wieder dachte sie daran, was Lena bei ihrem letzten Treffen gesagt hatte: »Wenn wir noch zweimal Sex haben, verliebe ich mich in dich.«

Schnell schloss Alex das Chatfenster.

* * *

»Diese S-Kurve! So ungewöhnlich.« Wolfgang hielt einen Teller in der Hand, dessen rosarote Oberfläche drei unvollständige Zacken durchteilten.

Der Teller sah ziemlich gewöhnlich aus, fand Alex.

»Es ist, als würden die Formen direkt zu uns sprechen«, sagte er. »Findest du nicht?«

Ohne eine Antwort abzuwarten, begann er, die Blätter seiner Palmpflanze mit einer Sprayflasche zu befeuchten. Wie von Wolfgang inszeniert, fand seine Bewegung ihren Widerhall in dem Rasensprenger, der alle paar Sekunden einen feinen Regen auf dem Küchenfenster hinterließ.

Im Gegensatz zu Alex hatte Wolfgang Zeit seines Lebens einen eigenen Geschmack entwickeln können. In der bäuerlichen Familie, aus der er kam, hatte man großen Wert auf Bildung gelegt. Sein Großvater war Pfarrer in Ostpreußen gewesen. Seine Mutter hatte gezeichnet und gestickt und für Wolfgangs Malversuche auf dem humanistischen Gymnasium Porträt gesessen. Jetzt besaß er Teakmöbel und Radierungen befreundeter Künstler*innen. Nichts hielt ihn davon ab zu behaupten, ein Tonteller »spreche von Liebe«.

»Apropos Liebe«, sagte er. »Wie läuft es mit dir und Lena?«

»Ganz gut«, sagte Alex.

»Ich finde sie ja super. Aber wenn ich du wäre, würde ich ein bisschen aufpassen«, sagte er. »In Farben gedacht, ist sie amalfirot. Sie redet viel von sich und hat einen dunklen Humor. Das ist nicht uninteressant. Und ich glaube, sie will bloß, dass jemand sie mitreißt. Raus aus der Melancholie.«

»Rot«, sagte Alex. »Wie ein Herz-Kreislauf-Medikament oder ein Schmerzmittel.«

»Eben. Martin, meine große Liebe, war auch Melancholiker«, sagte Wolfgang und wischte die Pflanze Blatt für Blatt mit einem Küchentuch ab. »Er war sehr begabt. Immer exzellent in dem, was er gemacht hat. Aber ihn hielt so viel zurück. Er war einer, der sich nie etwas gegönnt hat, der immer nur Filterkaffee getrunken hat, obwohl er Espresso viel lieber mochte.« Er setzte sich an den Küchentisch und sah für einen Moment sehr alt aus. »Je älter er wurde, desto mehr war er auf der Hut. Vor dem, was die Nachbarn denken, die Kollegen.«

»Wärst du gerne weggegangen?«, fragte Alex.

Sein Gesicht nahm sofort einen rotzbübischen Ausdruck an. »Ich bin froh, dass ich hier bin. Was willst du mich eigentlich fragen?«

Alex zögerte. »Fehlt dir die politische Arbeit manchmal? Der queere Kampf?«

»Der queere Kampf.« Wolfgang schnaubte. »Wenn du dich wirklich engagieren willst, gibt es ganz andere Probleme. Die Klimakrise, Hartz IV.«

»Aber das stimmt nicht! Trans Personen werden getötet, und Lesben und Schwule leiden viel häufiger unter Altersarmut. Nicht dass du«, sie deutete auf die Einrichtung des Zimmers, »davon betroffen wärst.«

Alex wusste, dass sie PMS hatte und deshalb besonders reizbar war, aber Wolfgang verhielt sich an diesem Tag auch unmöglich selbstgerecht.

»Ich glaube, du solltest erst mal etwas zu Ende bringen«, sagte er. »Dann können wir weiterreden.«

Wolfgang stand auf und räumte die Küchenrolle weg. Das Gespräch war beendet.

* * *

Die Waden des Radfahrers vor ihr waren so dick wie Baumstämme. Fleischig und weiß krümmten sich die Muskeln nach außen. Alex dachte an die O-Beine ihres Ex-Stiefvaters, wenn sie aus Angelstiefeln oder unter kurzen Overalls auftauchten. Sie wünschte, der Mann würde lange Hosen tragen.

Sie hielt an und setzte sich auf eine Bank vor einem Laden für Poolinstallation und Brunnenbau. Neben ihr ein Springbrunnen inmitten eines vertrockneten Vorgartens. *Alles rund ums Wasser* stand auf der Scheibe des Geschäfts. Alex dachte an Georg und Fritzi, wie sie früher im Schwimmteich des pensionierten Paars nebenan geschwommen waren und sich gegenseitig mit Algen beworfen hatten, bis der Spaß vorbei war und sie zurückmussten in ihren eigenen Garten.

Alex nahm ihr Handy, öffnete die Kontakte und scrollte zu G. Als das Rufzeichen erklang, legte sie auf.

Sie googelte die Schulzeiten in Sachsen und wählte Fritzis Nummer. Endlich nahm Fritzi ab. Vielleicht hatte sie Alex' Nummer nicht erkannt.

»Hi, ich bin's.«

»Alex, ich hab jetzt eigentlich keine Zeit.« Im Hintergrund Kinderstimmen und das Aufspringen eines Balls.

»Ich wollte dich auch nur schnell was fragen. Nächste Woche ist Schützenfest. Kommst du?«

»Nein! Wie kommst du denn darauf?«

»Ich will Georg einladen.«

»O Gott, Alex. Du bist so naiv«, sagte Fritzi. »Warte mal kurz.«

Dumpf hörte Alex, wie ihre Schwester jemanden aufforderte, ein anderes Kind nicht an den Haaren zu ziehen.

»Sorry.« Fritzi atmete genervt ein. »Du kannst nicht allein reinen Tisch machen! Das ist ein ganzes System, in dem alle von sich selbst ablenken.«

Fritzi hatte recht. Ihre Familie hatte viele schlechte Angewohnheiten. Die Mutter, Petra und Oma Kriemhild nutzten Geheimnisse als Zahlungsmittel, um sich zu verbünden oder einander auszuschließen. Kriemhild hatte ihre eigene Tochter einen Teufel genannt. Der Mutter ins Gesicht sagen würde sie das aber nicht. Das Paradoxe daran war: Sie alle hatten mehr Macht über die anderen, als sie in ihrer Verletzung zugeben würden. Aber Alex hatte fest vor, sich ihrer Verantwortung zu stellen.

»Ich will, dass alles auf den Tisch kommt. Dein Krankenhausaufenthalt, die Sache mit Georg, alles. Ich will, dass sie sich entschuldigt.«

»Alex, ich kann jetzt nicht länger sprechen.«

»Kannst du mir wenigstens noch eine Tarotkarte legen?«, fragte sie.

Fritzi stöhnte auf, wühlte aber hörbar in ihrer Handtasche. »Das Rad des Schicksals. Vorbestimmung, Karma. Nimm an, was kommt. Lass los! Tschüss, Alex!«

Alex war sich sicher, dass Fritzi ihr extra das erzählte, was sie nicht hören wollte.

Entschlossen stand sie von der Bank auf und schwang sich aufs Rad. Sie war spät dran für ihre Verabredung mit Wassil.

* * *

Wassils Wildleder-Loafer knirschten auf dem Basalt der Uferbefestigung. Alex blieb stehen und zeigte auf einen Baumstamm, der verkantet zwischen dem rund geschliffenen Geröll lag. Sie setzten sich.

»Na, wie viele Gedichte hast du heute schon gelesen?« Wassil nahm einen Schluck aus seiner Cola-Flasche. Alex überlegte einen Moment.

»Noch gar keine. Aber dafür hat Wolfgang mir stundenlang von seiner Keramik erzählt.«

Wassil lachte und wühlte eine Tabakpackung aus seiner Bauchtasche. Seit sie sich kannten, zog er sich an wie ein schwuler Paketbote. Er sah tatsächlich ein bisschen aus wie Georg, dachte Alex.

»Schau mal.« Wassil hielt ihr die weiß-rote Packung mit dem Schriftzug *Heimat-Tabak* hin. »Ich glaube, du würdest die Schweiz hassen«, sagte er. »Sie ist sehr kleinbürgerlich und verbissen.«

Möglicherweise liege es an der Landschaft, erzählte Wassil, daran, wie die Menschen in den Bergen überlebt hatten, Hunderte von Jahren isoliert in ihren Tälern, um sich schließlich auf dieses beunruhigende Arrangement der Schweizer Eidgenossenschaft einzulassen. Wassil hatte die Angewohnheit, Monologe zu halten über seine neueste gedankliche Obsession. Alex mochte diesen Hyperfokus eigentlich, aber an Tagen wie heute nahm er ihr die Luft zum Atmen.

»Aber gefällt dir dein Job noch?«, versuchte sie, seine Schweiz-Tirade zu unterbrechen. Nach dem Medizinstudium in Berlin hatte Wassil eine Stelle in einem pathologischen Forschungsinstitut in Basel angenommen. Wassils Gesicht war milchig-rein, vielleicht, weil er so viel Zeit in abgedunkelten Labors verbrachte. In Kombination mit seinen glatten Wangen hatte er immer noch ein Babyface. Alex konnte sich schwer vorstellen, dass er täglich Leichen sezierte.

»Zum Glück habe ich ja mehr mit Toten zu tun als mit Lebenden«, sagte Wassil. »Gerade habe ich eine Studie zu überlebter Strangulation betreut.«

Alex schluckte. Sie stellte sich Würgemale auf Wassils blassem Hals vor, violette Striemen, die Kabelbinder an Hand- und Fußgelenken hinterließen. Sie zwang sich zurück in die Gegenwart. »Überlebte Strangulation?«

»Wir haben überprüft, ob sich anhand eines MRTs herausfinden lässt, ob die Überlebenden mit der rechten, der linken oder mit beiden Händen gewürgt worden sind«, sagte Wassil und kniff die Augen zusammen. Er hatte seine Sonnenbrille vergessen. »Unsere Hypothese war, dass ein traumainduziertes Ödem in der Halsmuskulatur zu einem Seitenunterschied in den Muskelvolumina führen könnte.«

»Und was habt ihr rausgefunden?«

»Wir konnten keinen Zusammenhang feststellen«, sagte er und wühlte wieder in seiner Tasche. Ein Stück weiter hievte ein oberkörperfreier Mann seine winselnde Bulldogge auf den Rücken und warf sie dann spielerisch zu Boden.

Wassils Kindheit war schwierig gewesen. Sein Stiefvater verlor die Fassung, wenn er nicht betrunken genug war oder Wassils Mutter von ihm verlangte, die Reifen zu wechseln. War sie unterwegs, zwang sein Stiefvater ihn, Boden und Wände mit einem Waschlappen abzuschrubben oder

Whiskey zu trinken, bis Wassil anfing zu lallen und der Stiefvater ihn unter die kalte Dusche stellte. Alex hatte sich immer gefragt, ob er Wassil schlug. Doch bis heute wusste sie nur die Dinge, die sie mit eigenen Augen gesehen hatte.

»Gut, dass du zehn Jahre Medizin studiert hast, um nichts herauszufinden.« Alex hätte lieber gefragt, warum er ausgerechnet diesen Job machte, ob es etwas mit seiner Geschichte zu tun hatte. Sie wünschte sich, dass er und sie einmal so offen kommunizieren könnten, als wären sie Figuren in einem Roman. Stattdessen spielten sie die abgeklärten Erwachsenen, die sie schon gespielt hatten, als sie sich mit vierzehn *Die Brüder Karamasow* vorlasen und sich darin überboten, Schnaps aus dem Getränkemarkt zu klauen.

»Immerhin schreibe ich keine Bücher, die sich nicht verkaufen.«

»Autsch!«

Sie sprachen über die Vorstellung, die sie von ihrem Leben einmal gehabt hatten. Jede Biographie, wussten sie, war konstruiert. Für ihre Generation hieß das immer noch Karriere und/oder Kleinfamilie, obschon sie beides gar nicht wollten. Glücklich waren sie dennoch nicht.

»Es gibt viele Männer, die mit dreiunddreißig Jahren einen Jesus-Komplex bekommen«, sagte Alex. »In dem Alter wollen sie was geleistet haben. Oder sterben.«

»Ich habe eine Excel-Tabelle, in der ich meinen Lebenswandel analysiere«, erwiderte Wassil. Dort, erklärte er, notiere er seinen Alkohol- und Zigarettenkonsum, seine gejoggten Kilometer, seine gelesenen Bücher. Gewinne und Verluste, Verluste, Verluste.

Wassil drehte seinen Kopf von links nach rechts und wieder zurück, sein Nacken knackte, einmal, zweimal, dreimal. Alex war plötzlich genervt von ihm. Wassil konnte jederzeit eine neue Seite aufschlagen und einer neuen Frau ein Kind und eine Eigentumswohnung in der Schweiz bieten. Sie beneidete seine straighte Männlichkeit, die keine Neurose ihm nehmen konnte.

»Meine Agentin ist davon überzeugt, dass wir manchmal an unseren Hemmungen hängen«, sagte sie. »Dass sie uns Sicherheit geben.«

Sigmund Freud, der es aus Angst vorm Zugfahren erst im Alter nach Rom geschafft hatte. Francis Bacon, der über Jahrzehnte Variationen von Velázquez' *Innocent X* gemalt und sich nie das Original angesehen hatte. Während Alex sprach, fummelte Wassil an den losen Tabakfäden um seinen Filter herum. Ihr unterer Rücken schmerzte. Die Antidepressiva dämpften ihr PMS, doch ihre Gedanken verdüsterten sich mit jeder Stunde. Als wäre in ihr ein leckendes Fass versenkt, randvoll mit Melancholie. Sie wünschte sich, dass das ganze Ding einfach in die Luft flöge und sie in einer Trauerwoge mitreiße. Sie atmete tief ein und stellte sich den Sauerstoff in ihrer Lunge vor.

»Wie geht's deiner Mutter?«

»Gut«, antwortete Wassil. »Seit Stefans Tod blüht sie ganz schön auf. Obwohl sie jetzt so tut, als wäre er der tollste Mann der Welt gewesen.«

»Nervt dich das?«

»Ach. Es bringt nichts, mit ihr darüber zu diskutieren.«

»Ich frag mich immer, wie sehr wir bei den Lebenslügen unserer Eltern mitspielen wollen«, sagte Alex.

Wassil setzte sich auf, im Licht der sinkenden Sonne war nun doch ein Bartschatten in seinem Gesicht zu sehen, ein Blitzen in den braunen Augen.

»Klingt so, als würdest du über deine Mutter sprechen.«

Alex seufzte. »Ich muss mich ja auch schon seit zwei Wochen mit ihr rumschlagen.«

»Ich versteh nicht, warum du so streng mit Ruth bist«, sagte Wassil. »Was hat sie dir getan? Zu mir war sie immer richtig nett.«

Alex spürte, wie sich eine Hülle aus bruchsicherem Glas um ihren Körper legte. Darunter breitete sich die Wut bis in die Fingerspitzen aus. »Ich will einfach, dass sie meine Realität anerkennt.«

»Aber das kann sie nicht. Du wartest auf etwas, das nie passieren wird«, sagte er und stand auf. »Es gibt keine Familie ohne Gewalt. Oder zumindest einen schreienden Alkoholiker.«

Auf dem Weg zu seinem Honda Civic rief Wassil seine Mutter an.

Im Kofferraum lagen Wanderstiefel, ein leerer Kasten Altbier und fleckige Handtücher. Früher waren sie im Fluss geschwommen, obwohl es streng verboten war und jedes Jahr Dutzende Menschen von der Strömung in den Tod gerissen wurden. Jetzt verstauten sie sorgfältig Alex' Fahrrad und schnallten es mit einem Spanngurt fest.

Ein abgeerntetes Rapsfeld im Nachmittagslicht. Aufrechte Stängel wie Akupunkturnadeln in der trockenen Erde. Durch das offene Schiebedach drang kaum ein Luftzug. Alex wunderte sich darüber, schon wieder in einem Auto zu sitzen. Sie öffnete die Klettverschlüsse ihrer Sandalen und legte einen Fuß auf das Armaturenbrett.

Wassil atmete ein. »Tut mir leid.«

Alex wartete.

»Ich hab einfach keine Lust mehr, über traumatische Kindheiten zu sprechen«, sagte er. »Meine eingeschlossen.«

»Aber was ist denn die Alternative?«, fragte Alex. »Unsere Eltern zu besuchen und so zu tun, als wäre nichts gewesen?«

»Vielleicht wäre das ehrlicher. Oder willst du ihnen deine Realität überstülpen, deine Therapien, deine Soft Skills? Das ist doch auch irgendwie gewaltsam.«

»Keine Ahnung. Vielleicht geht es gar nicht um Ehrlichkeit oder moralische Werte, sondern ums Aushalten. Wenn es mir immer schlecht geht mit diesem Game, dann kann ich es nicht mehr mitspielen.«

»Du bewertest. Aber wir stecken nicht drin in unseren Eltern. Sie machen vielleicht nur das, was sie für richtig halten. Wie kann das falsch sein?«

»Gewalt an Kindern ist immer falsch.«

»Wir haben einfach unterschiedliche Meinungen. Ist doch okay«, sagte er. Dann, nach einer kurzen Pause: »Familie ist nicht alles.«

Alex sagte nichts mehr. Aus den Augenwinkeln sah sie, dass Wassil sie von der Seite beobachtete. Ihre Diskussion hatte ihn offenbar belebt. Er sah ziemlich gut gelaunt aus, wie er mit dem einen Handballen am Lenkrad über die Landstraße fuhr und sich mit der anderen Hand über den blonden Flaum auf seinem Oberschenkel strich, die schönen Knie entlang und bis hinunter auf die schmalen Unterschenkel. Alex warf einen verstohlenen Blick auf seinen Schritt, nicht so sehr sexuell als neugierig – sie kam so selten mit Penissen in Kontakt.

»Warte«, sagte Wassil und steckte eine selbst gebrannte CD ins Autoradio. Er drückte auf die Pfeiltasten, bis ein vertrauter Upbeat erklang.

»Nicht dein Ernst!«

Du bist nicht hart im Nehmen, du bist beruhigend weich.
Dich nicht zu mögen ist nicht leicht.

»Kommst du mich mal besuchen?«, fragte Wassil. »Obwohl die Schweiz so schrecklich ist?«

»Klar«, sagte Alex und nahm den Grinder und die Papes entgegen, die Wassil aus dem Handschuhfach gekramt hatte. »Ist dir eigentlich mal aufgefallen, dass neunzig Prozent aller Menschen mit zwanzig zu kiffen aufhören?«

»Vielleicht sind wir irgendwann die letzten beiden Stoner auf der Welt.«

»Solange du mich nicht alleinlässt damit«, sagte Alex, »ist das okay für mich.«

Du bist kein Einzelkämpfer, du bist so herrlich schwach.
Vertrau mir und benutz mich, wozu sind denn schließlich Freunde da.

»Wassil?«

»Hm?«

»Ich glaube, ich bin keine Frau.«

Der Satz war komplett neu und so vertraut, als wäre er schon immer wahr gewesen.

»Ich weiß.«

Sie sangen den kompletten *Pur Party Mix* mit.

* * *

Ziemlich bekifft und fest entschlossen öffnete Alex die Haustür. Dey fühlte sich unbesiegbar. Das PMS stimmte Alex wagemutig, der Rausch machte deren Gedanken so leicht wie den Kormoran, dessen starrer Körper ein segelndes Kreuz am Himmel bildete. Alex würde mit der Mutter reden.

Die Mutter war im Keller. Und sie war nicht allein. Auf dem inzwischen gefliesten Boden lag ein Gerät mit vielen metallenen Schläuchen und einem beweglichen Rumpf, das sich wild blinkend um sich selbst drehte, bevor es mit schlingernden Armen ans Ende des Raums rollte und zu saugen begann. Alex wusste, dass es eine rationale Erklärung hierfür gab: Der Pool-Roboter war angekommen.

Doch als Alex sah, wie sich das Wesen vor der Mutter wand wie ein schlechter Special Effect, meinte dey spüren zu können, dass Frau Reintjes' Geist dem Geschehen missbilligend zusah. Vielleicht sind wir alle verrückt geworden, dachte Alex, und nahezu zeitgleich schossen mehrere Gedanken in deren Kopf: »Ob Wassil wohl auf Tentakelpornos steht?« und »Andy Warhol hat zwanzig Jahre lang jeden Tag Dosensuppen gegessen«. Die Euphorie war schlagartig verflogen. Die wirren Gedanken führten Alex raus aus dem Keller und hinaus in die Außenwelt, die immer noch im Licht lag und frei war von Aliens, Kellergeistern und einem Kind, das nach der Wahrheit verlangte.

»Ich geh eine Runde joggen.«

Alex rannte, so schnell es ging, sprang über Wurzeln und Baumstümpfe und hielt nur an, um nach Luft zu schnappen und sich die Seiten zu halten. Das Handy hatte dey zu Hause gelassen. Um sich zu beruhigen, versuchte Alex, genau auf die Umgebung zu achten. Die letzten Sonnenstrahlen des Tages, die durch die Baumkronen fielen. Die ersten gefallenen Blätter eine Ankündigung des Herbstes. Vielleicht waren die Bäume auch einfach vertrocknet.

Alex konnte die Übersäuerung der Muskeln spüren. Dey hatte nur gefrühstückt heute und kaum Wasser getrunken. Doch laut der Fitness-Uhr waren erst 3,5 Kilometer Weg geschafft, bei einem Durchschnittstempo von 8,7 Stundenkilometern. Alex beschleunigte.

»Ey!« Erst im letzten Moment sah Alex den Mann, der in Outdoor-Montur auf dem Waldboden hockte. »Pass doch auf, Mädchen!«, schrie er und fuchtelte mit einem Klappmesser in Alex' Richtung.

»Pass doch selber auf!«, schrie Alex zurück und lief weiter, noch schneller als vorher.

Das Blätterdach begann, sich rot zu färben.

Farben, dachte Alex, waren nichts anderes als Materie. Minimale Unterschiede in der Partikelstruktur, in denen sich das Licht brach.

* * *

Schreib den Namen deiner Mutter

Mein zweiter Mann hat den Kindern beigebracht zu schnitzen und ihnen einen Sandkasten im Garten gebaut. In unserem Teich schwammen drei fette, orange leuchtende Karpfen.
Wir hatten einen Bus, einen Sechssitzer. Mit dem fuhren wir nach Sylt. In einem anderen Urlaub, in Bayern, sind wir gewandert, da gab es ein Polizei-Ferienheim. Alle Kinder haben das gleiche Verpflegungspaket bekommen: Knoppers und ein Butterbrot. Meine Töchter kamen aufs Gymnasium und spielten am Wochenende Fußball in

Meppen und Düren. Die Ältere spielte Linksaußen, so wie ich früher.
Mein Mann hat halbtags gearbeitet. Das Mittagessen hat er gekocht, und wenn ich nach Hause kam, saß die ältere Tochter manchmal noch immer am Esstisch. Sie hatte einen Dickkopf, wollte nicht aufessen. Behauptete, das Essen ekele sie an, Leber, Pilze, so was. Das ist eine Sache zwischen den beiden, dachte ich damals. Ich bin ja viel weniger da, deshalb soll sie schon auf meinen Mann hören.
»Gegessen wird, was auf den Tisch kommt«, hat er immer gesagt. Er war etwas altmodisch, aber hat sich bemüht. Er hat nicht schlecht gekocht, mein Mann. Ein-, zweimal tat mir meine Tochter aber doch so leid, dass ich die Reste auf ihrem Teller dem Hund gegeben habe, als mein Mann nicht hinsah.
Als meine Töchter mir gesagt haben, dass sie zu ihrem Vater ziehen, wurde alles schwarz und dumpf. Ich bin ins Bett gegangen und habe die nächsten Tage nicht mit ihnen geredet. Das war wahrscheinlich nicht richtig, aber ich konnte nicht anders. Meine Welt war in ein dunkles, bodenloses Gewässer versunken. Ich hab mich dafür entschuldigt. Man kann doch niemanden wegen einer Unterlassung für immer bestrafen.
Es blieb nur der Junge zurück. Und der wurde schwieriger, je älter er wurde. Pubertät, Sonderschule. Er ist ganze Nächte weggegangen, angeblich zum Angeln. Als er zurückkam, roch er nach Holzfeuer und hatte Blut unter den Nägeln. Ich bekam nichts aus ihm raus. Er gab Widerworte und wurde immer aggressiver. Eines Tages kam ich von der Arbeit und hörte Schreie und Poltern

aus dem zweiten Stock. Unser Schäferhund lag verängstigt im Wohnzimmer. Ich ging die Treppe hoch und rief, was denn los sei. Mein Mann hatte seinen Sohn im Schwitzkasten, der Junge boxte ihm immer wieder mit der Faust in den Bauch. Mein Mann wollte, dass ich ihm seinen kleinen Werkzeugkasten aus dem Flur hole. Dann hat er den Jungen

mit Kabelbindern festgezurrt. Der war ja nicht zu bändigen. Wie besessen. Nachdem ich ihm das Werkzeug gegeben habe, habe ich mir den Hund geschnappt und bin rausgegangen.

Georg wurde in dieselbe Psychiatrie eingewiesen wie meine Mutter. Angeblich bekam er so viele Medikamente, dass seine Pillenbox aussah wie ein Regenbogen.

Ich habe nicht zugelassen, dass er wieder bei uns einzieht, ich wollte gar nichts mehr von ihm wissen. Wenn mein Mann ihn besucht hat, habe ich mich mit meiner Schwester verabredet.

Ich habe Georg nie wieder gesehen.

* * *

Alex klappte den Laptop zu. Neben der Maus lag das Foto mit Fritzi und Georg. Durch das offene Fenster drang die empfindlich kalte Nachtluft herein. Alex schaute das Bild lange an.

Der Stiefbruder. Was für eine Bezeichnung. Außerhalb von Pornos oder Märchen war er in der Kultur, in Mythologie und Literaturgeschichte nahezu abwesend. Vielleicht fühlte es sich deswegen unziemlich an, dieses Wort in den Mund zu nehmen. Es klang nach Inzest, nach Verbrechen.

Auf die Frage nach Geschwistern antwortete Alex »eine jüngere Schwester« und sprach dann, ohne zu zögern, von

Fritzi. Nachdem sie ausgezogen waren, hatte Alex Georg nicht mehr als vier- oder fünfmal gesehen.

Fast niemand in Alex' Erwachsenenleben wusste, dass es einen Jungen gab, mit dem Alex aufgewachsen war.

Am sechzehnten Tag

»Trauma sells!« Als Jenny anrief, menstruierte Alex immer noch nicht. Jenny hatte noch nie so begeistert geklungen.

Vor dem Telefonat hatte Alex weinend und am Rande einer Panikattacke im Bett gelegen. Beim Aufstehen ein Krampf im Unterleib, der so stark war, dass dey nicht gehört hatte, wie die Mutter an die Tür klopfte, um sich von Alex zu verabschieden, bevor sie zur Großmutter fuhr.

»Ich kann gerade nicht«, rief Alex nach dem dritten oder vierten Klopfen. Dey nahm eine Ibuprofen und kniete sich vor Schmerz auf den Badezimmerteppich. Dey hätte gerne gebetet. Alex wollte keine Kinder, Alex war keine Frau, warum musste dey sich mit der Menstruation und einem Buch über Töchter herumschlagen?

»Du musst nur noch mehr auf die Details eingehen«, sagte Jenny. »Beschreibungen von Gewalt, posttraumatische Symptome, so was. Da lässt sich vielleicht sogar ein ganzes Buch draus machen.«

Alex schwieg.

»Eine lieblose Mutter, die dabei zusieht, wie ihr Mann Erziehungsmethoden aus den Fünfzigern anwendet. I love it!«

Ein weiterer Krampf. Alex stellte das Gespräch auf Lautsprecher und hoffte inständig, dass die Tablette schnell wirkte.

* * *

Der Pullover war weich.

»Du hast doch gesagt, dass du gerne mal was aus Kaschmir hättest«, sagte Lena. »Ich liebe dieses Rot. Jeder Pullover sollte die Farbe von meinem Auto haben.«

Alex blickte auf den Sweater, weil das einfacher war, als Lena anzusehen. »Danke.«

»Zieh ihn an.«

Er passte perfekt. Alex musste die Ärmel nicht umschlagen, an den Brüsten lag er eng an. Zu eng. Dey zog den Pulli wieder aus.

»Bisschen warm für jetzt.«

In Lenas Küche war es, abgesehen vom leisen Brummen des Kühlschranks, ganz still. Auf dem runden Holztisch ein Strauß Anemonen in einer Vase, die ein Geschenk von Wolfgang war. Der Herbst, dachte Alex, war nicht aufzuhalten.

»Bleibst du zum Essen?«, fragte Lena und füllte den Wasserkocher.

»Ich würde gerne. Aber vorher wollte ich dir was sagen.«

»Okay.« Lena drehte sich um und verschränkte die Arme vor dem Bauch, als würde sie sich für einen Schlag in die Magengrube wappnen.

»Weißt du noch, was du neulich gesagt hast? Dass du dich in mich verliebst, wenn wir noch zweimal Sex haben?«

»Ja.« Rote Flecken auf Lenas Gesicht.

»Es fühlt sich an, als müsste ich dir was Körperliches geben für deine Gefühle.«

»Das war romantisch gemeint.«

»Ich finde das manipulativ.«

»Das war klar.«

»Was soll das denn heißen?«, fragte Alex.

»Du suchst nach einem Grund, dich aus der Affäre zu ziehen.«

Lena holte aus, weil sie verletzt war. Trotzdem übermannte Alex sofort ein Schuldgefühl.

»Ich hab das gesagt, weil ich Angst hab.« Lena sah Alex geradeheraus an. In ihren Augen hatte sich etwas geöffnet. Sie bemühte sich, ihre Verwundbarkeit zu zeigen. Allein das zu registrieren machte Alex wütend. Es schien, als wollte Lena Alex mit ihren Gefühlen in die Ecke drängen. Am Rande von Alex' Sichtfeld blitzte etwas auf. Es ist nur ein Blatt, versuchte dey sich zu beruhigen.

»Du könntest einfach von hier verschwinden und dich nie wieder melden«, setzte Lena nach.

»Zum Glück!«, rief Alex. »Ich will eigentlich gar nicht hier sein.«

»Was willst du dann, Alex?«

»Es ist nicht meine Schuld, dass du hier nicht wegkommst.«

»Das ist nicht fair. Du kennst mich doch gar nicht richtig.«

»Du kennst dich selbst nicht richtig. Du checkst nicht mal, dass du lesbisch bist.«

Lena lachte verächtlich auf. »Immerhin bin ich nicht in meiner Kindheit hängen geblieben.«

»Du hast keine Ahnung, was in meiner Kindheit passiert ist«, sagte Alex und stand vom Tisch auf. Da war sie wieder, die Glashülle. Die Wut ein Gas in jeder Zelle des Körpers.

»Es ist mir auch egal!«, rief Lena.

Etwas in Alex brannte durch. Plötzlich war da eine Hand, die ausholte und in Zeitlupe über den Tisch wischte, als würde sie über die Oberfläche eines Displays swipen. Die Blumenvase zerbarst. Zwischen Wasser und Scherben Stängel und violette Blätter. Alex fühlte sich wie ein goldener, glühender Dolch. Es war ein tolles Gefühl. Dey hätte am liebsten alles in Stücke geschnitten.

Lena blickte entgeistert auf die Bruchstücke und lief aus der Küche.

Alex war zu weit gegangen. Später würde die Scham kommen, jetzt aber wartete Alex einen Moment und verließ dann die Wohnung.

* * *

Durch das vergitterte Kellerfenster sah Alex, wie der Nachbarshund das Bein hob und ein riesiger Strahl sich in den penibel gepflegten Vorgarten der Mutter ergoss.

Alex kauerte vor der Waschmaschine und hielt die Beine an den Knien umfasst. Dey war durch den Seiteneingang in den Keller gegangen, um mit niemandem reden zu müssen.

Alex versuchte, sich ganz genau zu erinnern, wie die Vase vom Tisch gefallen war. An den Winkel der Hand, Lenas Position im Hintergrund, die Flugbahn der Vase. Alex hatte eine gute Augen-Hand-Koordination. Beim Basketball im Schulsport hatte dey trotz durchschnittlicher Körpergröße viele Punkte gemacht und intuitiv gespürt, wann dey in die Laufwege der Mitspieler*innen passen musste. Alex hatte also gewusst, dass die Vase Lena nicht treffen würde, und ihr demnach weder bewusst noch unbewusst schaden wollen. Aber was, wenn doch? Was, wenn doch?

Leise schloss Alex die Tür zum Waschraum. Dey stellte sich vor, auf dem Bauch zu liegen, das Gewicht von Lenas Körper auf sich, der eigene Mund ins Kopfkissen gepresst, der Druck von Lenas Arm auf dem Hinterkopf. Hinter Lena tauchten nach und nach gesichtslose Männer auf und fassten sich an, fassten Alex an, fassten einander an, dazwischen Lenas Worte, ganz nah an Alex' Kopf: »Noch einmal, und ich werde mich in dich verlieben. Noch einmal, und ich werde mich in dich verlieben. Noch einmal, und ich werde mich in dich verlieben«, wie ein Mantra. Als die Waschmaschine in den Schleudergang wechselte, hörte Alex auf.

Während dey auf dem kühlen Boden lag und wartete, dass der Aufruhr in deren Inneren verebbte, merkte Alex, dass etwas entschieden war.

Georg! Ich bin gerade zu Hause, wenn man das so sagen kann. :-) Am Wochenende ist Schützenfest, würde mich voll freuen, wenn du kommen würdest! Ganz liebe Grüße! Alex

TEIL DREI:
BLAU

Am siebzehnten Tag

Alex erwachte mit einem rötlichen Streifen in der Boxershorts. Dey wusch sie mit kaltem Wasser und hängte sie ans Balkongeländer. Auf der Straße putzte der Nachbar sein Cabrio. Alex hörte, wie der Moderator im Autoradio von einem Fischsterben zu Wochenbeginn berichtete, dessen Ursache unklar war. »Es gibt Hinweise auf hochgiftige Quecksilberverbindungen, die aus einer Industrieanlage in den Niederlanden stammen könnten.« Alex fühlte sich extrem erleichtert. Die Hormonkurve war endlich umgeschlagen.

Aus dem Garten drang ein Geruch von Holzlack ins Zimmer. Es war halb neun Uhr, und Günther malte einem marineblauen Holzvogel eine Polizeimütze auf.

»Ein Schützenvogel in Uniform?«, rief Alex vom Balkon zu ihm hinunter. »Ist das nicht ein bisschen makaber?«

»Ich führe nur Befehle aus.« Günther salutierte grinsend.

Am Wochenende veranstaltete die örtliche Bruderschaft St. Agnes ihr Schützenfest. Es galt als wichtige Vorbereitung für das Stadtschützenfest in wenigen Wochen. Und die Mutter war fest entschlossen zu gewinnen.

»Und warum musst du den bauen?«, fragte Alex Günther und stützte sich auf die Balustrade.

»Holz ist Männersache.« Er wischte sich den Schweiß von der Stirn. Erst jetzt sah Alex, dass auf der Brust des Adlers zwei goldene Orden prangten. »Und deine Mutter musste sich mal wieder zu viele Aufgaben aufbürden.«

Heute war Günther Alex fast sympathisch. Dey hatte den Impuls, hinunterzugehen und ihn in ein Gespräch über die Mutter zu verwickeln. Ihn zu fragen, ob er sie manchmal in den Arm nahm und ob er wusste, was in ihr vor sich ging.

Alex ging zurück ins Zimmer, griff nach einer Tasche voller Bücher und machte damit fünfmal eine Minute Kniebeugen. Angeblich ließen sich aufgrund des niedrigen Östrogengehalts während der Menstruation besonders gut Muskeln aufbauen.

* * *

Eros und Jüngling, 1995, ein muskulöser, dunkel behaarter Mann, vor dem Spiegel, die Polaroid-Kamera in der Hand, hinter ihm ein Mann, der sich unter der Dusche das Schienbein einseift.

Clique sans Viveur, 1994, auf dem sich drei Männer auf einem Holzsteg umarmen, küssen, einer auf der Holzbalustrade sitzend, ein Lockenkopf in der Mitte, der dritte umfasst die bleiche rechte Pobacke des Mannes vor ihm.

Roland mit dem längsten Haar, 1995, der leichte Sonnenbrand vor dem weinroten Badetuch, eine Hand auf dem Sternum, der halb erigierte Penis. Vielleicht der von Wolfgang.

Alex hatte das kleine Einsteckalbum zwischen Rezeptbüchern und Rechnungen in Wolfgangs Küche gefunden und entschieden, dass er es besser verstaut hätte, wenn er die Fotos wirklich hätte geheim halten wollen. Alex spürte einen Stich von Verlangen. Die Aufnahmen kamen Alex so hot vor wie Nacktfotos von Annemarie Schwarzenbach.

Dey lag in Unterhose auf einer morschen Gartenliege zwischen Hütte und Maisfeld, klappte das Album zu und beobachtete, wie eine Fliege in deren schwitzigem Bauchnabel landete. Es war schwül. Alex hoffte, dass Wolfgang und sein Mann bald von ihrem Besuch auf dem Wochenmarkt nach Hause kämen. Dey hatte die Erfahrung gemacht, dass die meisten schwulen Männer einen Ekel vor Brüsten kultiviert hatten. Umso besser.

Wolfgang hatte sich seit ihrer Diskussion auf eine Weise verhalten, die Alex von ihm nicht kannte. Er hatte seine SMS mit *Liebe Alex* begonnen und mit *Liebe Grüße, W* beendet, statt mit *Meld dich mal!*, und die ausgelesenen Teile der *Süddeutschen* auf den Küchentisch zurückgelegt, anstatt sie auf dem Klo oder im Flur liegen zu lassen. Alex schloss aus seinem höflichen Verhalten, dass er sauer war. Deshalb war dey gekommen, um ihn zu konfrontieren. Sie hatten sich schließlich beide albern aufgeführt.

Das Handy lag zum Schutz vor der Sonne unter der Liege. Der Markt war eigentlich schon seit einer Stunde geschlossen. Vielleicht waren Wolfgang und Thomas noch auf einen Apéro an die Promenade gegangen oder suchten in einem holländischen Antiquitätenladen nach neuen Keramiken. Alex wollte nicht mehr warten.

Der zweite Treffer zur Suchanfrage *homo Niederrhein* war ein Artikel über das erste schwule Schützenpaar der Region. Der Schützenkönig, ein ehemaliger Marineoffizier aus den Niederlanden, und sein Prinzgemahl freuten sich über die Offenheit, die ihnen entgegengebracht wurde: »Bis auf ein paar angewiderte Gesichter am Straßenrand gibt es nur Glückwünsche.«

Auf dem Foto trugen die beiden passend zu ihrem weißen Federbusch blütenweiße Handschuhe und einen Brillanten im linken Ohrläppchen.

Alex machte einen Screenshot und sendete ihn an Wolfgang.

Vielleicht solltest du den anderen Provinz-Schwuppen mal einen Fashion-Kurs geben.

Wolfgang antwortete prompt: *Endlich hast du mich verstanden.*

* * *

»Das nenne ich Feminismus«, sagte die Mutter und zog ein violettes Ballkleid aus der Hülle. Der Kragen war aus einem Netzstoff, der Rock mit Blumenstickereien verziert. Die Mutter hatte selbst bei ihren Hochzeiten keine Kleider getragen, sondern Kostüme, die mit jedem Mal farbloser wurden, bis sie zuletzt in einem beigen Hosenanzug vor der Standesbeamtin gestanden hatte. Am Samstag würde nach einem Gottesdienst das Vogelschießen stattfinden. Anschließend würde der neue Schützenkönig der Bruderschaft – oder ihre allererste Schützenkönigin – im Festzelt gefeiert. Und genau darauf bereitete sich die Mutter vor.

»Ich freu mich, dass du mitkommst«, sagte sie und legte das Kleid behutsam unter die Nähmaschine. »Frauenpower!«

Alex hatte keine Energie, ihr zu widersprechen. Dey durfte sich nicht ablenken lassen. Es war Zeit, die Mutter zur Rede zu stellen.

»Ich wollte dich noch was fragen«, sagte Alex.

»Ja?« Die Mutter hielt tatsächlich inne.

Alex bohrte die Nägel der rechten Hand in den Handballen der linken.

»Warum hast du Fritzi nicht im Krankenhaus besucht? Nach ihrer OP?«

»Ich hab sie besucht.« Die Mutter schaltete die Maschine ein und begann, den Saum abzunähen.

»Fritzi sagt aber etwas anderes«, versuchte Alex, das Geräusch zu übertönen. Ich bin ein glühender Dolch im Dienst einer gerechten Sache, dachte dey sich. Ein glühender Dolch. »Sie erinnert sich genau. Nur Papa und Oma waren da.«

»Ich bin mir auch ganz sicher.« Die Mutter drehte an einem Schalter, und das Rattern der Maschine wurde schneller.

»Aber warum sollte sie sich das ausdenken?« Alex' Stimme war lauter als notwendig.

»Sie hat so viele Schmerzmittel bekommen. Da kann man sich ja auch einbilden, Angela Merkel zu sein oder Gott.«

»Hast du sie nicht besucht, weil du es nicht ausgehalten hast? Weil wir ausgezogen sind und du allein warst mit einem Kind, das du gehasst hast?«

Die Mutter nahm den Fuß vom Pedal der Maschine, sah Alex aber nicht an. Dann setzte das Surren wieder ein. »Menschen legen sich die Vergangenheit manchmal zurecht.«

Alex konnte nicht erkennen, ob die Mutter gerade irgendetwas anderes fühlte außer dem unbedingten Willen, ein perfektes Kleid zu nähen.

»Besonders Menschen, die viele Therapien machen.«

Alex hatte den Impuls, laut aufzulachen. Der Moment, auf den dey so lange gewartet hatte, war gekommen und vergangen wie eine Welle, die sanft an den Strand gerollt war und an die sich in kurzer Zeit niemand mehr erinnern würde. Oder war dey jetzt komplett dissoziiert? Hatte das Gespräch eben wirklich stattgefunden? Der Gesichtsausdruck der Mutter war jedenfalls gänzlich unbewegt, ihre Zungenspitze stieß im Rhythmus der Maschine aus dem Mund hervor, wie Alex' Zunge, wenn dey sich konzentrierte. Nichts ließ darauf schließen, dass gerade etwas von emotionaler Bedeutung passiert war. Alex spürte eine leichte Übelkeit in sich aufsteigen. Dey musste schleunigst weg hier.

»Ich geh mit Rozi raus.«

»Okay«, antwortete die Mutter. »Nimmst du die Rollleine mit?«

* * *

Rozi jagte ein Eichhörnchen oder eine Maus über eine Waldlichtung. Alex hatte ihr die Leine abgenommen, obwohl die Mutter das explizit verboten hatte. Der Himmel war wolkenlos blau, und das Sonnenlicht wärmte den Boden. Alex zog Schuhe und Strümpfe aus. Dann setzte dey sich auf die sauber gestapelten Baumstämme. Etwa fünfzig Meter weiter sprang Rozi im hohen Gras immer wieder senkrecht in die Höhe. Sie würde schon zu Alex zurückfinden.

Alex schaute hinauf und versuchte, Nacken und Schultern zu entspannen. Beim Gedanken an das Gespräch mit der Mutter wollte dey am liebsten im Waldboden verschwinden. Alex fühlte sich, als hätte dey jemanden per Textnachricht einen Crush gestanden und dann umgehend das Handy vor sich selbst versteckt. Alex fürchtete die eigene Courage. Zugleich wusste dey, dass die Mutter von sich aus nie wieder auf das Gesagte zu sprechen kommen würde. Georg hatte nicht auf die Einladung reagiert, es war unwahrscheinlich, dass er kommen würde. Somit blieb die Möglichkeit, dass die begonnene Konfrontation folgenlos blieb. Alex und die

Mutter konnten einfach weitermachen wie bisher. Alex war sich nur unsicher, ob dey das wollte.

Der Hund war fast aus Alex' Blickfeld verschwunden, nur am Rande der Wiese sah dey noch einen kleinen braunen Fleck.

»Rozi! Hierher!«

Beim Gehen spürte Alex plötzlich etwas Kaltes an deren Fuß. Unter der Ferse klebten die Reste eines Regenwurms. Augenlos und weich. Eigentlich hasste Alex alle Arten von Würmern. Vielleicht lag es daran, dass der Stiefvater Alex früher Maden auf den Oberschenkel gelegt hatte, bevor er mit seinen Freunden zum Angeln ging. Doch der tote Klumpen tat Alex leid. Der Wurm hatte sich den ganzen Tag durchs Erdreich gewühlt und das Pflanzenwachstum angekurbelt. Hatte er Schmerzen, als er bei lebendigem Leibe zerquetscht wurde?

Alex griff zu einem Stock, wühlte damit im Boden, schob die pinken Überreste hinein und sprach ein stilles Gebet: »I am sorry, wormy. I love you, but I love me more.«

* * *

Wieder zurück zu Hause aß Alex Cornflakes mit zu viel Milch und schaute auf dem Laptop eine Doku über eine Paartherapeutin in New York.

In der aktuellen Folge litt ein lesbisches Paar darunter, keinen Sex mehr zu haben. Während die eine die fürsorgliche Mutter und Hausfrau spielte, wurde die andere immer gemeiner.

»I feel like the wrong is in me«, sagte die Letztere verzweifelt. Im Laufe des Gesprächs erzählte sie, dass sie als Kind von einem Verwandten sexuell missbraucht worden war und ihre Mutter weggesehen hatte. »She didn't want to hear me.«

Mit der Wut ihrer Frau gegenüber wollte sie auf Biegen und Brechen eine Reaktion hervorrufen. Die Partnerin aus ihrem Gleichmut aufwecken.

Alex fragte sich, ob die Wut in Lenas Küche ebenfalls eine verdrehte Aufforderung gewesen war. Eine Mutprobe, um zu sehen, ob Lena sich traute näherzukommen. Alex bewunderte die Therapeutin, der es gelang, die mühsam erarbeiteten Lebenserzählungen ihrer Klientinnen aufzubrechen, die Eigenheiten der beiden zu zeigen und wenigstens kleine Veränderungen ihres Verhaltens zu bewirken. Das zu sehen rührte Alex. Minutenlang tropften warme Tränen in die Cornflakes wie von einem leckenden Wasserhahn. Seit Monaten war Alex nicht mehr so entspannt gewesen.

Was hatte Jenny mal gesagt? »Manchmal ist unser authentisches Ich eingemauert, und wir können nur versuchen, einzelne Ziegel aus der Mauer zu schlagen, damit das Licht einfällt.«

Was würde mit der Mutter geschehen, wenn sie eine Therapie machen würde? Würde sie eine Perspektive außerhalb ihrer eigenen zulassen, einen Riss in ihrer Realität anerkennen? Oder würde sie daran zerbrechen, sich in Staub auflösen wie ein Vampir im Tageslicht?

Alex fragte sich, was das eigentliche Ziel des Essays sein sollte. Die Mutter wachrütteln? Eine Knoblauchzehe schwenken und testen, ob sie das aushielt? Alex sah die Mutter vor sich, die eine andere wurde. Eine Figur, die Worte sprach, die Dinge tat, von denen die Mutter sich IRL abwandte. Alex wischte eine letzte, verspätete Träne von der Wange und öffnete das GoogleDoc.

* * *

Schreib den Namen deiner Mutter

Ungläubig schaute sie auf den Zettel.
»Name. Adresse.«
Das war eindeutig, sie war Beamtin, Gott, wie viele Formulare hatte sie in ihrem Leben schon ausgefüllt. Den Absatz darunter begriff sie jedoch nicht. Was wollte diese Frau von ihr? Irgendeine Einverständniserklärung, vielleicht zur Schweigepflicht. Der Kuli in ihrer Hand zitterte.
»Frau C., das können wir auch später machen.«
Die Therapeutin war gerade von einer Kur zurückgekehrt und wirkte gut gelaunt, fast euphorisch, wie sie da auf einem Korbstuhl in ihrer geräumigen Erdgeschosspraxis saß. Hellblaue Wände, Palmenpflanzen.
»Frau C.«, sagte sie. »Wie geht es Ihnen denn?«
»Gut, muss ja.« Sie wollte zeigen, dass sie zum Scherzen aufgelegt war und alles andere als todunglücklich.
»Schön«, die Frau lächelte, als hätte sie alle Zeit der Welt. »Und was führt Sie heute zu mir?«
»Also ...« Die Mutter zögerte. Sie war sich nicht sicher, was die Therapeutin hören wollte. Bis zum heutigen Morgen hatte sie alles darangesetzt, nicht an diesen Termin zu denken. Hatte die Polster gewaschen und Weihnachtsgeschenke bestellt, ihre Mutter besucht und Fahrradtouren mit ihrem Mann unternommen. Um ehrlich zu sein, wusste sie selbst nicht so recht, warum sie heute hier war.
Die Frau legte den Stift aus der Hand. »Vielleicht erzählen Sie erst mal etwas von sich. Wie sind Sie so aufgewachsen?«

Es ging also um sie. Das war ungewohnt.
»Mein Vater war ein Streuner.« Das sagte sich gut und stimmte ja auch. Der Vater weg, die Mutter ohne Liebe. Die Geschwister bevorzugt.
Die Männer, die sie betrogen und verlassen hatten. Der eine Mann zumindest. Und dann natürlich die Kinder. Die sie geboren, gestillt, gewickelt und gefüttert hatte. Denen sie zu Karneval Marienkäfer-Kostüme genäht hatte und Schultüten vor jedem neuen Schuljahr. Und die ihr dann immer mehr abhandengekommen waren, bis sie ausgerechnet zu ihrem Ex-Mann zurückgingen. In diesem Moment hatte sie sich nicht mehr rühren können. Sie hatte sich die Decke über den Kopf gezogen und gewartet, dass das alles vorüberging. Aber das tat es nicht. Und sie blieb allein mit ihrem zweiten Mann und dem Jungen.
Jahrelang hatte sie sich danach um die Kinder bemüht. Ihr Studium bezahlt und ihre Auslandsaufenthalte. Angerufen, geschrieben, wieder und wieder. Aber sie hatte immer das Gefühl gehabt, dass sie sich ihr entzogen. Sie kam nicht dahinter, warum.
Bis zu einem Treffen vor ein paar Jahren. Solange sie noch zu dritt waren, war alles in Ordnung, aber als sie mit ihrer Jüngeren alleine war, war es, als wäre etwas in ihrer Tochter aufgebrochen, wie der Vulkanausbruch, den sie auf Sizilien einmal aus der Ferne gesehen hatte, nur dass dieser Ausbruch ganz nah war, viel zu nah. Ihre Tochter behauptete, dass sie den Jungen geschlagen habe, jeden Tag. Ihn eingesperrt und zugelassen, dass sein Vater ihn weiter schlug. Einfach so, jahrelang. Nichts daran entsprach der Wahrheit. Natürlich nicht.

Es gab eine einfache Erklärung für diese Vorwürfe: Die Kinder hatten einen Realitätsverlust erlitten. Es war ja auch stressig gewesen mit dem Jungen und seinen Wutausbrüchen. Ihre Mutter hatte Psychosen, übersprang das nicht manchmal eine Generation? Aber sicher mussten alle irgendwann einsehen, dass ihre Tochter im Unrecht war. Niemals würde sie Hand an ein Kind legen, das konnte, das musste ihr die Therapeutin glauben.
Sie wartete also darauf, dass sich alles wieder beruhigte, aber das tat es nicht. Irgendwann hatte ihr jetziger Mann ihr nahegelegt, mit jemandem zu sprechen. Sich Unterstützung zu holen. Und sie dachte, dass er vielleicht recht hatte. Dass sie das Heft des Handelns in die Hand nehmen und alles endlich regeln musste.
»Und das hat mich dann wohl zu Ihnen geführt.«
Die Frau sah sie aufmerksam und mitfühlend an.
»Das war sicher nicht einfach für Sie, Frau C.«
Die Mutter war erleichtert. Die Frau verstand sie.

Am achtzehnten Tag

Der Tag des Schützenfestes war der heißeste des Jahres. Etwa die Hälfte der Leute trug Schützenuniform. Sie standen um einen Schankwagen mit runder Theke, von der langsam Bierreste tropften. Daneben saß Oma Kriemhild mit einem Fächer unter einem Veltins-Sonnenschirm und kommentierte das Geschehen, wenn sie nicht mit dem einen oder anderen Schützen flirtete. »Wenn du so weitermachst, schießt du gleich eine Wildgans auf dem Deich ab!«, rief sie einem schlaksigen Mann zu, der sofort errötete. Alex glaubte, ihn als einen der zwei Optiker im Ort zu erkennen. Kriemhild kannte sie alle, die Sprüche und die Männer.

Georg hatte geschrieben, als Alex zwischen lauter Paradeuniformen im Segnungsgottesdienst saß. Alex respektierte die Sorgfalt, die die Schütz*innen in ihren Auftritt steckten. Die von Hand geflochtenen Schulterstücke mit den Rangabzeichen. Die Fangschnüre, die vom Revers zur Schulter gespannt waren. Die Anstecknadeln, vom traditionellen Eichenlaub über das Stadtwappen bis hin zu ein paar Friedenstauben und sogar einer Regenbogenflagge. Alex' Handy vibrierte, als dey vor dem Pfarrer kniete. Es vibrierte erneut, als Alex die Oblate mit der rechten Hand nahm, sich in den Mund legte und sich bekreuzigte. Dey stand auf und ging zurück zu der Bank am Ende des Kirchenraums.

Hey! Das schaffe ich leider nicht. Hab einen schönen Sommer ;-)
Wir können ja mal telefonieren.

Nachdem Georgs Antwort zwei Tage auf sich hatte warten lassen, hatte Alex nicht mehr mit seinem Besuch gerechnet. Trotzdem war dey erleichtert. Nach dem Gesprächsversuch mit der Mutter hätte Alex die Einladung beinahe wieder zurückgezogen. Dey wollte ihn nicht ins offene Messer laufen lassen.

Richtig gerne. Ich versuch's die Tage mal!

Alex schluckte. Konnte es etwas Geschmackloseres auf der Welt geben als eine Hostie?

Beim Schützenfest gab es nach der ersten Runde eine Pause. Es lief Adele. Fünfzigerjahre-Vibe, das passte. Oder standen Schützenfeste auch in einer antinapoleonischen Tradition, wie der Karneval?

Old friend, why are you so shy?
Ain't like you to hold back or hide from the light

Alex versuchte, eins zu werden mit den Häuserreihen am Rande des Dorfplatzes. Neben der Kirche reihten sich das Rathaus und das Gyros-Restaurant aneinander, auf der gegenüberliegenden Seite verlief die Dorfstraße. Auf der Treppe vor dem Rathaus saß eine Amsel mit zusammengekniffenen Augen. Sie bewegte sich nicht, als Alex näher kam. Ob der Vogel von dem Virus befallen war, das in diesem Sommer die

Amselpopulation im Rheinland dezimierte? Oder machten ihm bloß die Temperaturen zu schaffen? Alex wandte sich ab und ging ein paar Schritte in Richtung der Toiletten. Die Hitze beschleunigte den Blutverlust. Dey musste dringend den Tampon wechseln.

Plötzlich spürte Alex etwas Kaltes, Nasses am Oberarm. Erschrocken drehte dey sich um und sah Günther, der Alex ein alkoholfreies Bier entgegenhielt.

»Willst du eins?«

»Mann, erschreck mich doch nicht so.«

»Sorry.«

Günther, eine Umhängetasche voller Kühlakkus im einen und Rozi im anderen Arm, stand weiter grinsend da. Rozi sah not amused aus.

»Ich weiß ja, dass du nicht so gerne Limo trinkst.«

»Danke.«

Günther öffnete die Flaschen. »Prost!«

Einen Moment sahen sie der Mutter zu, die von den Dixi-Klos aus zu Oma Kriemhild ging.

»Warum ist ihr das hier nur so wichtig?«, fragte Alex.

St. Agnes hatte zum ersten Mal Frauen zum Vogelschießen zugelassen. Die Mutter war abgesehen von ein paar Teens im Jugendwettkampf die Einzige, die sich gemeldet hatte. Alex vermutete, dass die Regeländerung nicht allen Schützen gefiel. Irgendwer hatte dem Adler am Vormittag wie von Kinderhand einen Penis gemalt. Offenbar war es unmöglich gewesen, den Edding auf die Schnelle zu entfernen, und obwohl die meisten Vereinsmitglieder die Zeichnung verurteilten, wurde das Programm fortgesetzt.

»Puh. Ich weiß auch nicht alles über deine Mutter. Es ist

nicht so, dass wir abends im Bett liegen und sie mir aus ihrem Leben erzählt.« Günther lachte. »Aber sie ist sehr emotional, das musst du glauben, sehr sensibel. Vielleicht hat es was mit deinem Opa zu tun, zumindest hatte der auch ein paar Luftgewehre zu Hause, wenn auch ohne Waffenschein, schätze ich mal.« Wieder lachte er und trank. »Gleichberechtigung liegt ihr wirklich am Herzen. Dass Frauen …, dass ihre Töchter«, er sah Alex direkt an, »die gleichen Chancen haben wie Männer … Ihr seid ihr so wichtig.« Alex schluckte. Fritzi und die Mutter hatten sich seit Jahren nicht gesehen. Und Georg – wusste Günther überhaupt, dass es Georg gab?

In diesem Moment drehte sich die Mutter zu ihnen um und winkte. Sie winkten zurück.

»Gib ihr Zeit, Alex.«

Alex nahm einen großen Schluck und hustete. Günther klopfte Alex sanft auf den Rücken, bevor er das Thema wechselte. Alex war erleichtert.

»Ich trinke übrigens nur Altbier, aus Prinzip«, sagte er und begann, das Etikett von seiner braunen Flasche zu pulen. »Bis ins 19. Jahrhundert haben das am Niederrhein alle getrunken, weil es keine Kühlungsmethoden gab. Dann kamen die hellen Biere aus Süddeutschland, und heute«, er wies auf den Veltins-Wagen, »trinkt selbst hier kaum jemand mehr Alt.«

»Günther!« Die Mutter winkte ihm jetzt nicht mehr freundlich, sondern fordernd zu. Vielleicht hatte Kriemhild wieder mal geklagt, dass sie von niemandem geliebt wurde.

Eine Trompete signalisierte, dass das Königsschießen nun in die heiße Phase überging. Vom Vogel war nicht mehr viel übrig. Nur noch ein Fetzen des Flügels und der Rumpf hingen an dem Mast neben der Kirche, der über den seit 1918 aufgegebenen Friedhof ragte. Anscheinend war den lebensfrohen katholischen Sportschütz*innen die Totenruhe egal, solange sich niemand von ihnen persönlich an die Verstorbenen erinnerte. Blaue Holzsplitter lagen über den gepflasterten Platz verteilt, dazu ein Stück gelbes Holz wie ein vom Himmel gestürzter Sterntaler.

Der Preis für den letzten Teil des Flügels war ein goldener Plastikanstecker. Doch nur, wer am Ende den am höchsten bewerteten Rumpf abschoss, würde Königin oder König werden.

Da der Vorjahreskönig in diesem Jahr seinen lang geplanten Teneriffa-Urlaub machte, hatte die Mutter nur zwei ernsthafte Konkurrenten: Maik, der eine Kneipe in der Innenstadt betrieb und sich selbst an Namen von Gästen erinnerte, die bloß vor Jahren einmal ein schnelles Bier bei ihm getrunken hatten, und Ralf, der Inhaber des Konferenz-Hotels, von dem niemand so genau wusste, auf welcher Seite der Grenze es lag. Da Maik heute nach einem Hexenschuss schon früh ausgestiegen war, blieb Ralf. Und der stand jetzt mit einem Großteil des Schützenvereins auf der einen Seite des Bierwagens, während die Mutter, Günther und ein paar der Ehefrauen ihnen gegenüberstanden. Zwischen ihnen wurde das schäumende Bier in kleine Gläser gezapft. Es war angerichtet.

Ralf ging zum Schießstand, schlenkerte einmal mit der Hüfte und schoss. Die Kugeln pfiffen durch die Luft und prasselten gegen das moosbewachsene Mausoleum der Familie Wimmers. »Das Beste kommt zum Schluss!«, rief er, betont gut gelaunt trotz seines Fehlschusses, und gesellte sich zurück zu seiner Kompanie, die in der Zwischenzeit eine neue Runde bestellt und bekommen hatte.

Dann trat die Mutter vor. Sie trug eine Camouflage-Hose und ein Tanktop in freudlosem, mineralischem Grau, dazu eine dieser klassischen Ray Bans. Wie aus einem Film über den Zweiten Golfkrieg, dachte Alex.

»Na, Ruth, vor dir muss man sich aber heute in Acht nehmen! Da ist wohl kein Männeken sicher.« Unter großem Gelächter der Umstehenden griff Ralf sich in den Schritt.

Er und die Mutter waren zusammen zur Schule gegangen. Alex fragte sich, welche Geschichte die beiden miteinander verband.

Die Mutter lächelte nur müde. Alex spürte, dass Ralf mit rechten Mitteln keine Chance mehr hatte.

Doch die Mutter musste kalkulieren: Der Rumpf durfte erst abgeschossen werden, nachdem das letzte Stück des Flügels gefallen war. Schoss sie allerdings den Flügel ab, riskierte sie, dass sich Ralf bei seinem nächsten Versuch den Rumpf vornehmen und sich zum König krönen würde. Mit einem offensichtlich halbherzigen Schuss drohte ihr im besten Fall die Disqualifizierung und im schlimmsten Fall der Gesichtsverlust. Die Mutter zielte, atmete ein, setzte das Gewehr dann wieder ab und trocknete den Lauf mit einem Taschentuch. Dabei sah sie gar nicht aus, als würde sie schwitzen.

Alex konnte nicht hinsehen. Dey war der Typ Mensch, der sich die Serien-Recaps vor der eigentlichen Folge anschaute und die Liveticker von Sport-Events verfolgte, weil die schneller waren als die illegalen Streams. Also lief Alex vom Bierwagen zur Kirche und versuchte, sich für eine auf dem Friedhof aufgestellte Hinweistafel zu interessieren.

200 Jahre Schützenbruderschaft St. Agnes. Mit dem Geist Gottes erhebt sich der ganze Kosmos und stöhnt in den Geburtswehen

Seines Königreiches, gemeißelt in einer leicht verspielten Achtzigerjahre-Schrift, Vanilla vielleicht.

Hinter Alex knallte es. Ein paar Tauben, die im Schatten der Bäume Schutz vor der Mittagshitze gesucht hatten, stoben auf. Alex hörte das Holz splittern und sah aus dem Augenwinkel, wie der Rumpf zu Boden segelte. Während er wieder angebracht wurde, nahm die Mutter ein Schulterklopfen von Günther entgegen. Nun lag der Ball wieder bei Ralf.

»Na, dann mach mal!« Sie nickte ihm über die Theke hinweg zu.

»Moment, Moment!« Ralf nahm ein Bierglas zwischen Daumen und Zeigefinger und ein Schnapsglas zwischen Mittel- und Ringfinger. »Prost!« Mit einer geübten Bewegung goss er sich beide Getränke auf einmal in den Mund. Die Männer um ihn herum jubelten. »Zielwasser!«

Ralf wischte sich den Mund ab, öffnete den zweiten Knopf an seinem schweißnassen Hemd und schritt an den Schießstand. Mit einer überraschend flinken Bewegung klemmte er sich das Gewehr zwischen Schulter und Halsbeuge und schoss.

»Super!« Kriemhild war vom Plastikstuhl aufgestanden und klatschte enthusiastisch in die Hände.

Mit einem präzisen Treffer hatte Ralf den Flügel heruntergeholt. Alex verstand nicht, was passiert war. Hatte er der Mutter die Königswürde gerade auf dem Silbertablett serviert?

»Danke, danke.« Ralf verbeugte sich.

Die Mutter stellte ihre halb leere Cola auf der Theke ab. Die Luft flirrte, ein leichter Wind spielte in den Gräsern zwischen Kirche und Dorfplatz, der die erhitzten Körper nicht abzukühlen vermochte.

»Hoho, da kommt die Emanze.«

»Komm, lass gut sein, Ralf.« Günther, der plötzlich neben Ralf stand, einen halben Kopf größer, sprach regungslos.

»Günther, du hast ja doch Eier. Sag mal, warum schießt bei euch dann eigentlich nur die Frau?«

»Ich habe im Gegensatz zu dir kein Problem, nicht im Mittelpunkt zu stehen.«

»Dann hat Ruth also die Hosen an.«

»Das ist bei ihr immer so«, schaltete sich Alex' Oma ein. »Ich komme nie zu Wort.«

Die Mutter zuckte zusammen, drehte sich aber nicht zu ihr um. Alex sah, dass sie die Lippen so sehr zusammenkniff, dass sie beinahe in ihrem Gesicht verschwanden. Die Mutter ging langsam nach vorne. Sie sah so alt und traurig aus, als sie ihre lange, glänzende Flinte schulterte und zum letzten Mal in den Blick nahm, was von dem mühevoll bemalten Vogel übrig war.

Die Mutter schoss, und Alex fiel.

Das Letzte, was Alex sah, war ein Schwarm schwarzer Vögel, Kormorane oder Amseln, Alex hatte eigentlich keine Ahnung von Vögeln, sah bloß ein lang gezogenes V wie einen gestürzten Pfeil im weißen Himmel.

Doch daran erinnerte Alex sich erst viel später, an einem anderen Fluss, vor einem Stein aus Salz, und vielleicht war das der Tag, an dem Alex sich endlich ausruhen würde.

* * *

Schreib den Namen deiner Mutter

Diesmal betrittst du das Haus deiner Mutter, und in deinem Gepäck ist alles, was du brauchst.

Rasiere deine Beine bis über die Knie und hänge ein Plastikkruzifix in deine Dusche. Geh in eine Drogerie und kauf das Duschgel, das du willst, ohne an die angebrochene Rituals-Flasche zu denken, die zusammen mit Hamam-Handschuhen und Kakaopulver im Adventspaket deiner Mutter steckte. Lies keine psychoanalytischen Bücher und keine Gedichte aus der Sicht depressiver Kinder. Besser wären Geo-Ausgaben aus den Goldenen Neunzigern oder jedes Gebetsbuch dieser Welt.
Stell dir nie vor, deine Mutter in einem Film über dein Leben zu spielen. Der Soundtrack wäre ohnehin unerträglich kitschig, und deine Mutter würde von Heike Makatsch gespielt. Denk gar nicht daran, mit deiner Mutter ins Kino zu gehen oder zum Bowling.
Stell dir nicht vor, wie schön deine Mutter früher war.
Sei gütig zu deiner Mutter, ohne zu vergessen, was dich ausmacht: Specialty Coffee und Flirts im November. Astrologie-Apps. Cornflakes. Hängebrücken.
Was sie Liebe nennen, ist nicht genug. Leb, als hättest du kein zweites Leben.

Am einundzwanzigsten Tag

Alex war bisher nur ein einziges Mal in einem Krankenhaus gewesen. Mit drei Jahren war dey vom Hochstuhl gefallen. Beim Aufprall auf den Terrakottafliesen hatte Alex sich die Zunge glatt durchgebissen. Die Details kannte dey nur aus Erzählungen: überall Blut, ein Waschlappen, mit dem die Mutter auf der Rückbank die Blutung zu stillen versuchte, die Riesenmengen an Eis, Solero, Vanille, Ed von Schleck, die Alex essen sollte, um die Wunde zu kühlen. Vielleicht mochte Alex deswegen kein Eis.

Die OP war gut verlaufen. Sieben Kugeln hatten Alex am Oberkörper getroffen, in Trizeps, Brust und Schulter. Drei von ihnen ließen sich nicht herausnehmen, ohne das Muskelgewebe zu stark zu verletzen.

Drei, die blieben, die Dreifaltigkeit, drei Kinder auf einem Foto oder die Konstellation von Missbrauch: Opfer, Täter*in, Zeug*in.

»Leser fühlen sich zu Dreiergruppen hingezogen«, hatte Jenny einmal gesagt – es kam Alex vor wie in einer fernen Zeit. »Märchen oder Love Triangles. Da sind du und deine Mutter, wer könnte die dritte Person sein? Wo ist dein Vater? Bist du verliebt?«

Nach dem Unfall hatten Günther und Ralf Alex in den Mini der Mutter getragen, aus Alex' linker Brust, sagten sie hinterher, sei das Blut wie aus einer Fontäne geschossen, als wäre Alex die heilige Agnes, der man, der Legende nach, die Brüste abgeschnitten hatte.

Derweil hatte sich eine Traube Menschen um Kriemhild versammelt, die beim Anblick zu Boden gestürzt war und nicht aufhörte, einen Schrei auszurufen, der wie »Walhalla! Walhalla! Walhalla!« klang. Der Mutter, die mit der Flinte in der Hand wie eingefroren stumm an Ort und Stelle geblieben war, hatte niemand Beachtung geschenkt.

Günther war mit Alex ins Krankenhaus gefahren und die ganze Nacht geblieben, bis es ihm am nächsten Morgen endlich gelang, Alex' Vater bei einem Oldtimer-Rennen in Südengland zu erreichen. Die Mutter war in einem katatonischen Zustand und wurde von Günther mit Suppe und Bockwürstchen versorgt, bis ein Arzt aus der Nachbarschaft ihr ein Neuroleptikum verabreichte.

Zum allerersten Mal in der Geschichte der St. Agnes-Bruderschaft war ein Königsschießen abgebrochen worden.

Über Alex' Krankenbett hingen Luftballons mit der Aufschrift *Bleib gesund.* Auf dem Tisch lag ein Karton Brombeeren aus Wolfgangs Garten, die Alex zu süß fand, aber dennoch aß, daneben ein Gedichtband von Louise Glück und eine Baby-Yoda-Karte mit Wassils zackiger Schrift: *Gute Besserung und besuch mich bald mal!*

Alex sah gerade eine Bergetappe der Vuelta a España im Fernsehen. Dey mochte es, in diesem Krankenhausbett zu liegen und dem langsamen Treck durch die Sierra Nevada zuzusehen, der behäbigen Dramaturgie aus Ausbrüchen und Nachhut, Helfern und gestürzten Helden.

Während die Temperaturen in den Nächten hier mittlerweile unter 15 Grad fielen und Alex sich eine zusätzliche Wolldecke hatte bringen lassen, war es im Süden Spaniens Ende August unerträglich heiß, so heiß, dass die Fahrer sich von ihren Pulsuhren wecken ließen, damit sie in den runtergekühlten Zimmern nicht an einem Herzstillstand starben. Alex stellte sich eine Armada abgemagerter Körper auf Heimtrainern vor, trainierende Skelette in der heißen andalusischen Nacht.

In den Blättern der Amberbäume vor dem Fenster brach sich das Sonnenlicht. Alex war erleichtert, geradezu glückstrunken, einfach nur zu liegen und zu schauen. Dey fühlte sich wie Greg LeMond, der nach einem Jagdunfall mit Dutzenden Schrotkugeln im Körper losgezogen war, um – mehrfach! – die Tour de France zu gewinnen. Alex würde hier nicht bleiben, dey würde zurück nach Berlin gehen oder auf eine Arbeitsresidenz in der Uckermark und Bücher schreiben, die mindestens auf einer Shortlist landeten. Beim Blick auf den Kirchturm, von dem nur noch die zackige Backsteinkrone übrig war, war Alex sich sicher: Auch dey war davongekommen. Wovor, das begann erst langsam deutlich zu werden.

* * *

Fritzi brachte keine Geschenke. Sie knallte die Zimmertür zu, baute sich vor dem Krankenbett auf und blickte bedrohlich auf Alex hinab.

»Seriously, Alex?«

»Schön, dich zu sehen. Magst du ein paar Brombeeren?«

»Du kommst hierher, erwartest, dass alle auf einmal Bock

haben, in ihrer Vergangenheit herumzuwühlen, und lässt dich dann anschießen?«

»Ich hab mir doch nicht ausgesucht, angeschossen zu werden!«

»Du hast dich viel zu nah am Ziel bewegt, ohne dass es jemand mitbekommen hat. Das ist ungefähr dasselbe.«

Wie sollte Alex Fritzi erklären, dass dey wirklich nicht sterben wollte, sondern so mit der Mutter mitgefiebert hatte, dass es unmöglich war hinzusehen? Dass Alex der Situation aus betrunkenen Schützen und Erinnerungen einfach für einen Moment hatte entkommen müssen?

»Es tut mir leid.«

»Ich will keine Entschuldigung, ich will, dass du mit deinem komischen Leidensweg aufhörst.«

»Das versteh ich. Es war vielleicht ein bisschen viel Drama.«

»Ein bisschen viel Drama?« Fritzi rüttelte so stark am Bett, dass Alex fürchtete, sie könnte einen Alarm auslösen.

»Fritzi! Es tut mir leid. Und ich werde Konsequenzen daraus ziehen. Ich will …«

»Das will ich auch stark hoffen«, unterbrach Fritzi.

»Lass mich doch mal kurz ausreden. Ruth war heute Morgen hier.«

Die Mutter war exakt zum Beginn der Besuchszeit gekommen. Alex hatte sich benommen gefühlt, erwacht aus wilden Träumen und ohne den morgendlichen Kaffee. Dey war noch nicht bereit für diese Begegnung.

»Du hättest tot sein können!« Noch bevor die Mutter sich in den Besuchersessel sinken ließ, brach sie in Tränen aus. »Ich hätte dich töten können!«

Die Mutter war keine schöne Weinende. Ihr Gesicht war voller roter Flecken, immer wieder entfuhr ihr ein überraschend hohes Schluchzen. Alex war unangenehm berührt und versuchte, die Mutter zu trösten: dass sie nichts falsch gemacht und sich nur an die Regeln gehalten hatte, dass Alex selbst einfach nicht richtig aufgepasst hatte. Das Offensichtliche – dass Alex eben nicht tot, sondern quicklebendig war, so quicklebendig, dass dey nun Mitleid und Stress und eine Fülle irdischer Gefühle durchleben musste – verkniff Alex sich.

»Ruth«, sagte Alex. Die Mutter weinte immer noch. »Ruth, es ist okay. Vielleicht ist das alles passiert, weil ich dir kein ›Gut Schuss‹ gewünscht habe.«

Die Mutter beruhigte sich langsam. Nachdem sie sich ausgiebig geschnäuzt hatte, sprach sie in ruhigem Ton weiter. »Wenn die Menschen, die dir am nächsten sind, dich verletzen, wiegt das sehr schwer. Man bekommt dann Probleme damit, offen zu sein.«

Alex musste völlig entgeistert ausgesehen haben, denn die Mutter fügte schnell hinzu: »Günther hat vorgeschlagen, dass wir Vorträge zu Selbstmitgefühl anschauen. ›Reden Sie mit sich selbst so wie mit jemandem, den Sie lieben.‹«

Alex war sprachlos.

Die Mutter erzählte, dass Oma Kriemhild ihr nach Kurts Verschwinden immer wieder vorgeworfen hatte, ein »Papakind« zu sein. Dass sie es sich selbst während ihrer Phase in der Psychiatrie nicht habe nehmen lassen, der Mutter ständig zu sagen, dass sie aufhören sollte, an ihrer Akne herumzufummeln. »Dabei ist Oma die, die ihre Nase nicht in Ruhe lassen kann! Man will doch nur, dass nicht ständig auf einem rumgehackt wird.«

Als ein Krankenpfleger kam, um Alex' Verband zu wechseln, ging die Mutter so eilig, wie sie gekommen war. Auf ihre Scham vor nackten Körpern war also immer noch Verlass.

Während Alex erzählte, hatte Fritzi sich auf einen Stuhl gesetzt und angefangen, die Brombeeren zu essen, als würde sie sie vernichten wollen. Die roten Flecken auf ihrem hellblauen Shirt sahen aus, als ob auch sie eine Schusswunde erlitten hätte. Alex hätte gerne ein Foto von ihr gemacht, aber Fritzi war immer noch viel zu aufgebracht.

»Selbstmitgefühl?«, fragte Fritzi. »Und was kommt als Nächstes? Müssen wir uns bald alle um Mamas inneres Kind kümmern?«

Alex schlug die Hände vors Gesicht »Fritzi … bitte.«

»Stimmt doch, Alex.«

Alex liebte Fritzi dafür. Liebte, dass sie immer eine klare Meinung hatte und genau wusste, wo ihre Grenzen lagen. Dass sie so schnell es ging einen Zug genommen hatte, um Alex die Leviten zu lesen. Aber Fritzis liebevoller Zorn hatte das Krankenzimmer so ausgefüllt, dass Alex zu schwitzen begann und nicht mehr genau wusste, wo die eigenen Gefühle endeten und Fritzis begannen.

»Fritzi, ich muss mich ausruhen.« Alex drückte ihre Hand. »Kommst du morgen wieder?«

Nachdem Fritzi gegangen war, griff Alex zu dem Buch auf dem Nachttisch. Lyrik beruhigte Alex fast so zuverlässig wie Sport oder Kiffen. Ein Bleistift fiel dort heraus, wo dey heute Morgen aufgehört hatte zu lesen. Beinahe das ganze Gedicht war unterstrichen.

The Empty Glass
I asked for much; I received much.
I asked for much; I received little.

Alex' Atem wurde regelmäßiger.

I prayed. I tried to be a better person.
Soon it seemed to me that what began as terror
and matured into moral narcissism
might have become in fact
actual human growth.

Alex las das Gedicht noch einmal laut und öffnete dann die VoiceMemo-App. Nach der dritten Aufnahme schickte dey Lena die Datei und schrieb:

Wie geht's dir? Es tut mir sehr leid, dass ich neulich so aus der Haut gefahren bin. Ich bete und versuche, ein besserer Mensch zu sein.

Alex verstand, dass die Mutter etwas angeboten hatte. Ein Stück Schmerz, ein Stück von sich selbst. Alex wusste auch, dass sie nur eine echte Beziehung haben konnten, wenn Alex die Mutter sah und die Mutter Alex sah und sie auf der Grundlage dieses Gesehen-Seins nach und nach eine gemeinsame emotionale Basis erschufen. Alex dachte an Jennys Worte: »Es ist ganz natürlich, dass du eine große Sehnsucht nach ihr hast.«

Wenn Jenny recht hatte, sollte sich Alex glücklich schätzen. Aber Jenny war im Unrecht. Alex hatte schon immer geglaubt, auf die Mutter zu warten.

Actual human growth.

Vielleicht würde die Mutter sich nach und nach verändern.

Mehr und mehr über ihre Gefühle sprechen, eine Therapie anfangen und Alex irgendwann wirklich zuhören. Doch das konnte Jahre dauern oder Jahrzehnte. Und solange die Mutter wuchs, das fühlte Alex mit unbedingter Sicherheit jetzt und hier in diesem Krankenbett, steckte Alex fest.

Alex würde nie so wütend sein wie Fritzi. Aber dey wollte die Mutter nicht weiter bemitleiden für ihre potenzielle Reue und ihre definitiven Versäumnisse. Alex wollte nichts von ihrem Leben, ihren Hoffnungen, Ängsten und Erinnerungen. Dey wollte nicht warten, dass die Mutter eine reale Person würde, ein richtiger Mensch. Was passiert war, genügte Alex.

Zwei Wochen später

Der Zug hielt an einem Bahnhof in den Bergen. Zwei Männer, die aussahen wie Brüder – kahl geschoren, kleine Umhängetasche – sprangen auf den Bahnsteig und steckten sich ihre Zigaretten an. Die Luft war klar. Der Morgentau auf dem Gras zwischen den Gleisen wurde beinahe verschluckt von der Dunkelheit.

Alex atmete tief ein und streckte die Arme in die Höhe. Beim Ausatmen fühlte dey eine verschlafene Freude von den Fingerspitzen bis in die Zehen.

Nach wenigen Sekunden blies die Zugbegleitung zur Weiterfahrt. »Próxima estación: Figueres.«

Alex stieg zurück in den Zug und drängte sich an den Schlafabteilen vorbei. Ein blondes Kind reinigte seine weißen Sneaker so gründlich mit einem Brillenputztuch, als handelte es sich um eine aus einem fernen Land geschmuggelte Reliquie.

Alex sollte für den Reiseteil einer überregionalen Zeitung über die erste Vuelta der Frauen berichten. Das Rennen startete in den nächsten Tagen im Umland von Madrid. Doch davor verbrachte Alex eine Woche in Barcelona. Dey war nie mit großer Lust nach Spanien gefahren, vielmehr aus praktischen Gründen. Weil die Verwandten von Bekannten dort ein Ferienhaus besaßen oder eine Ex-Freundin Spanisch lernte. Hätte Alex es sich aussuchen können, wäre dey immer lieber in Italien oder England oder Dänemark gewesen, eigentlich überall sonst in Europa, außer in Belgien vielleicht. Spanien war Alex immer zu schlicht vorgekommen, seine phonemarme Sprache und die archetypischen Speisen – Kartoffeln, Fisch, Fleisch. Trocken und durchschaubar irgendwie.

Doch diesmal war Alex empfänglich für die Risse, die dey in dieser scheinbaren Schlichtheit ausmachte. Für die Gewitter, die jeden zweiten Tag über dem Meer aufzogen, für die Lieder Chavela Vargas', die im schwulen Viertel Example ihre verflossenen Geliebten besang und die Wut der Demonstrierenden um das Kolumbus-Denkmal am Hafen.

Alex weinte ständig und wusste nicht, warum sich das jedes Mal so anfühlte, als ob dey in einer perfekt temperierten Badewanne lag und sich Schicht um Schicht alter Haut vom Körper ablöste, bis dey sich ganz weich und durchlässig fühlte. Dieser Überschwang an Gefühlen, der Mix aus Trost und Schmerz, überraschte Alex. Vielleicht trauerte dey darum, sich so viel leichter zu fühlen an diesem Ort, weit weg von der Mutter und der Oma und der Asche des Großvaters. Vielleicht trauerte dey um die Loslösung, die sie alle nie gefunden hatten.

Am letzten Tag in der Stadt ging Alex wieder in die Biblioteca de Catalunya, in deren romanischen Hallen lange Zeit ein Krankenhaus untergebracht war. Im Innenhof spielten inzwischen alte Männer Schach, und in der Cafeteria lief so häufig *La Isla Bonita*, als wäre es 1989. Das Schreiben lief, wie schon in den letzten Tagen, wie von selbst. Seitenweise notierte Alex Beobachtungen, Erinnerungen und Metaphern, ohne sich darum zu scheren, was daraus einmal werden würde.

Gegen Mittag kaufte Alex sich ein Bocadillo mit Manchego und lief die paar Hundert Meter zu einem Wandbild Keith Harings. Vierunddreißig Meter prangten blutrot auf hellem Stein: *Todos juntos podemos parar el sida.* Gemeinsam gegen AIDS. Haring starb ein Jahr, nachdem er das Werk in seiner Mittagspause angefertigt hatte. Der Künstler hatte aus seiner Lust ebenso wenig einen Hehl gemacht wie aus seiner Erkrankung und seine letzten beiden Lebensjahre dazu genutzt, um beides an die Öffentlichkeit zu bringen: Silence = Death. Alex dachte an Wolfgang und seine Genoss*innen, daran, wie sie der Provinz den Spiegel vorgehalten hatten, und ärgerte sich darüber, ihn nie gefragt zu haben, was aus den jungen Männern auf den Polaroids geworden war.

Auf dem Weg zurück in die Bibliothek sprachen Alex mehrere Männer an. »Hola, chica, ¿cómo te va?« Dey wies sie alle gleichermaßen brüsk ab. Alex trug lange Kickboxing-Shorts und ein weites Hemd. Wie konnte dey immer noch als begehrenswerte Frau wahrgenommen werden? Schnell lief Alex weiter, einen Hügel hinab, bis hinter den Hausdächern das Meer zu sehen war.

Dey dachte daran, Georg anzurufen. Sie hatten zweimal länger telefoniert, als Alex noch im Krankenhaus lag. Er erinnerte sich an wenig von früher, wahrscheinlich hatte das Trauma vieles in seinem Gedächtnis ausgelöscht. In ihren Gesprächen ging es ohnehin mehr über das Hier und Jetzt, Alex' Buch, Georgs Hündin, seine Hobbys. Er war beeindruckt davon, wie offen die Jugendlichen, denen er ehrenamtlich Boxunterricht gab, heute über ihre Gefühle sprachen.

»Letzte Woche ist im Training zwischen zwei Kids ein Streit ausgebrochen. Als ich sie getrennt habe, hat der eine dem anderen gesagt, dass er sich ausgeschlossen fühlt. Dann haben sie sich entschuldigt und umarmt.« Georg klang ungläubig.

»Sie sind mutiger als wir«, sagte Alex.

»Nein, sie sind jünger.«

Seit ihren Gesprächen hatten Alex und Georg sich fast täglich YouTube-Links und Songs geschickt. Wie zwei alte Freunde, die weit entfernt voneinander wohnten, gerade ein Wochenende miteinander verbracht hatten und nun versuchten, ihre ungewohnte Nähe noch ein bisschen länger aufrechtzuerhalten. Alex wusste, dass dieser Schwung versiegen würde, aber das war okay. Sie konnten sich jederzeit wieder anrufen.

Alex lief die Stufen zur Bibliothek hinauf. Im kühlen Schatten einer Säule schrieb dey Satz um Satz und wartete darauf, dass die Sonne ihren Abstieg beginnen würde. Als die Schatten endlich lang genug waren, ging Alex in den Copyshop ein paar Blocks weiter. Dey zog einen USB-Stick aus der Tasche und druckte alle Notizen aus.

* * *

Wolfgang schrieb:

> *Hast du Lust, im Oktober beim Fontane-Kreis zu lesen?*
> *Den leite ich inzwischen, weil alle anderen verstorben sind.*
> *LG W*

Wassil schrieb:

Wie geht's dir? Du wirst mich sicher auslachen, aber ich habe jetzt so einen Schwimmrucksack. Wenn du mich besuchen kommst, können wir uns damit den Rhein hinuntertreiben lassen.

Jenny schrieb:

Ich hab diesen Schreibratgeber einer Zen-Buddhistin entdeckt (im Anhang). Sie zeigt, dass man eigentlich erst mal alles ohne innere Zensur aufschreiben sollte, wie so eine Art Meditation. Vielleicht hilft dir das?

Alex versah die Nachrichten der Männer mit einem Herz. Dey konnte sich gut vorstellen, bei der Fontane-Gesellschaft zu lesen. Und vielleicht konnte dey die Hütte in Wolfgangs Garten mit einem Elektroofen beheizen und ihn besuchen. Von sich erzählen, auch wenn er Alex keine Fragen stellen würde, ihm in die Augen sehen und seinen kritischen Bemerkungen standhalten.

Jenny antwortete Alex:

Der alltägliche Kampf gegen den Tod ist Plot genug.

* * *

Auf dem Weg nach Madrid legte Alex einen Zwischenstopp in Saragossa ein. Am Morgen ging ein Bus in die Berge. Alex lief durch eine Schlucht voller Pinien. Gegen Nachmittag stieg der Neumond am Himmel auf. Am Oberlauf des Flusses trugen die Häuser Namen. Die frisch gestutzten Zweige der Orangenbäume waren so glatt und weich wie dieser italienische Käse, der zwischen den Zähnen quietschte. Der Anblick der Nadelbäume entspannte Alex. Angeblich senkte das Grün der Natur bereits nach zwanzig Minuten das Cortisol-Level.

Ein Steinkarree markierte den Übergang zum Wald. Das Licht unter den Bäumen war ein Geheimnis, das nur dey kannte. Am Rande des Waldwegs betete eine Maria vor einem abgezäunten Garten voller Lilien.

Alex rastete auf der Bank vor einem Sägewerk, den Blick auf gestapelte Bäume. Die Maschinen ruhten für heute.

Während Alex sich anfasste, dachte dey nur an das, was dey sah: Die Salzkristalle an den schwarzen Felswänden des Bergmassivs. Die zu hölzernen Bergen aufgetürmten Stämme. Das Grün.

Als Alex kam, bemerkte dey über sich die Wintergestirne am abendblauen Himmel.

* * *

Schreib den Namen deiner Mutter

Ich wollte nie über meine Mutter schreiben, sondern über das, was mich wirklich interessiert. Über die Textur des Lebens, die Dinge, mit denen ich effektiv meine Zeit verbringe, Cornflakes zum Beispiel oder Fußball. Aber wer interessiert sich schon für Cornflakes?
Im Alter zwischen zehn und vierzehn Jahren habe ich jeden Abend Cornflakes vor dem Fernseher gegessen. Die Knock-offs, von Aldi. Meine Mutter kaufte sie in XL-Packungen und stapelte sie mit den anderen Vorräten im

Kellereingang. Ich habe sie und meinen Stiefvater nie Cornflakes essen sehen. Wir waren drei Kinder, die allein in ihren nebeneinander liegenden Zimmern vor ihren Fernsehern saßen, Cornflakes aßen und das Abendprogramm ansahen. Um 19:40 Uhr lief »GZSZ«. Am nächsten Tag auf dem Schulweg sprachen meine Schwester und ich manchmal über die neusten Intrigen von Jo Gerner oder hörten eine Single von Jeanette Biedermann auf dem Discman. Und als wir uns einmal aus Angst vor unserem Stiefvater und meiner Mutter in unseren Zimmern einschlossen und meine Schwester nachts nach unten schlich, um uns Essen zu holen, brachte sie mir Schokoflakes mit wenig Milch, damit sie möglichst lange knusprig blieben.

Als ich schon lange erwachsen war, habe ich die Serie »Seinfeld« für mich entdeckt. Die Hauptfigur Jerry hat Dutzende Cornflakes-Boxen in seinem Küchenschrank gelagert. Selbst in seinem Stammcafé verkaufen sie Cornflakes. Inzwischen gönne ich mir einmal im Monat Markenwaren, Clusters mit echtem Amaranth oder die Achterprobierboxen Kellogg's, bei denen ich mir meine Lieblingssorte bis zum Schluss aufhebe. Manches hat sich verändert seit meiner Kindheit. Coco the Monkey ersetzte Choco the Bear als Maskottchen der Choco Crispies, und Kellogg's verzichtet inzwischen angeblich auf Tierversuche.

Aber Cornflakes sind für mich immer noch ein Fenster in eine andere Welt, eine Welt aus Comicfiguren und Serien und ohne das Trauma meiner Familie. Eine Welt, in der ich nicht über meine Mutter schreiben muss.

Zur Person

Evan Tepest kommt aus dem Rheinland und lebt als Autor*in in Berlin. Evan Tepests Texte sind in Anthologien und Zeitschriften erschienen, zuletzt in »Delfi. Zeitschrift für neue Literatur« und »JENNY«. 2023 erschien der Essayband »Power Bottom«.